U0738655

你当善良　不忘锋芒

李晖／著／

北 京 时 代 华 文 书 局

图书在版编目（CIP）数据

你当善良，不忘锋芒 / 李晖著 . — 北京 ：北京时代华文书局，2017.10
ISBN 978-7-5699-1658-4

Ⅰ . ①你… Ⅱ . ①李… Ⅲ . ①随笔－作品集－中国－当代 Ⅳ . ① I267.1

中国版本图书馆 CIP 数据核字 (2017) 第 135972 号

你 当 善 良 ， 不 忘 锋 芒

NI DANG SHANLIANG　BU WANG FENGMANG

著　　者 | 李　晖

出 版 人 | 王训海
选题策划 | 沐　心
责任编辑 | 李凤琴　汪亚云
装帧设计 | 龙　梅
责任印制 | 刘　银　王　洋

出版发行 | 北京时代华文书局 http://www.bjsdsj.com.cn
　　　　　北京市东城区安定门外大街 136 号皇城国际大厦 A 座 8 楼
　　　　　邮编：100011　电话：010 - 64267955　64267677

印　　刷 | 北京天宇万达印刷有限公司　010 - 62406666
　　　　　（如发现印装质量问题，请与印刷厂联系调换）

开　　本 | 145mm×210mm　1/32　印　张 | 7　字　　数 | 110 千字
版　　次 | 2017 年 10 月第 1 版　印　　次 | 2017 年 10 月第 1 次印刷
书　　号 | ISBN 978-7-5699-1658-4
定　　价 | 38.00 元

版权所有，侵权必究

序

做一个有棱角的人：心存慈悲，不失锋芒

如果你问我：如何做到为人和善又不失强硬，心存慈悲而不失锋芒？那么我会告诉你，我也没有标准答案。不过我倒是可以讲一讲在我有限的生活经历中，找到的关于心存慈悲的快乐与不失锋芒的痛快。

忙碌是我的生活常态。我经常会遇到同时要处理很多事情的情况，特别是在赶剧本忙得焦头烂额的时候，还要兼顾一堆杂事：单位通知培训、剧组选演员要试镜、学校通知开讲座、七大姑八大姨打来电话问新剧何时开机，还有售楼、保险、快递等各种电话……

一开始我会很有耐心地处理，拒绝时也会尽量用委婉的语气。可是事情一多，时间一长，难免会变得有些急躁。这时，我往往会安慰自己狂躁没用，问题是不会自己解决的，要淡定，然后在笔记本上对所要解决的事情按照优先顺序做一个合理的安排。

这样，我可能会更有勇气拒绝无关紧要的事情，虽然心中也有不安，但是想到自己不是人民币，不能被所有人喜欢；不是救世主，不能为所有人的人生负责，随之会坦然很多。

善良的举止裹挟在生活细节里，比如，看见别人家的墙要倒了，如果不能扶，不推就是一种善良；看见别人喝粥，而你在吃肉，又不想让的话，放下吧唧嘴也是一种善良。不为了合群而去落井下石，不为了炫耀自己的优越性而去打扰别人的小确幸。如此，便是慈悲。

一个人当被伤害的比被保护的多了，最难得的是保持一颗真诚之心。我们大可不必怕受伤害而变得冷漠，因为在逃避和强硬之间，其实还有很多种选择。绝对的好与坏、黑与白，只是极端，只是边界。

像我看到过的一首小诗中的几句："在外界刺激和回应之间，存在着一个空间。我们选择回应的自由和权力存在于此。我们的回应中蕴含着我们的成长和幸福。"

那么我想，这个回应的空间可能就是坚强且柔软，自我且温柔，心怀慈悲又不失锋芒。

目录

辑一

请允许自己
和别人不一样

当烦了胸怀大海的薛宝钗，

试试当一回林黛玉，脾气收放自如，

做事随性而为，绝不委屈自己，

想不搭理就不搭理。

　　生而为人，人际关系无可避免，痛苦也就相伴而生。

沉默，是内心拒绝从众的骄傲

　　我的一个小学妹向我倾诉，走出了校园这个象牙塔才发现，人生处处是黑洞。初入职场的她，还是学不会如何向这个世界妥协。

　　学妹说她的老板是一位特喜欢被人恭维的人，应运而生的就是一群精通阿谀奉承的人的存在。老板喜欢作诗，且是书法资深爱好者。他经常把他的作品拿到公司里供同事们欣赏，然而老板写诗的水平实在有限，书法也如同小学生的涂鸦一般。

同事们都很热情地围观，溢美之词花样百出，唯有她一言不发地呆立在那儿，搜肠刮肚了半天也说不出一句恭维的话来。

很多时候，恭维不过是"指鹿为马"的事情，大家都能坦然面对，偏偏她，做不到。

学妹接着说："从小我被灌输的价值观就是：你和一个人处不来，那可能是他的问题，但如果是你和很多人都处不来，那你就要从自身找问题了。"

学妹摊开手无奈地说："所以这是我的错了？"

"当然不是你的错。"我脱口而出。

我想，人都是想得到别人的认可的，女人更是如此。为了获得他人的喜爱，而刻意使自己的行为与他人保持一致，此时的从众并不是发自内心的，只是为了取悦他人或某个团体。但是，也有一些耿直的人，无法拒绝内心不想从众的骄傲而选择沉默。

这个小学妹一下把我的思绪带到十年前，那时还是职场小白的我，同她一样不谙世事。

老板在办公室讲了一个低至零点的冷笑话，同事们一边夸张地拍着手，讨好地哈哈大笑着，一边用心照不宣的余光悄悄对视着，在眼睛里释放轻视的恶意。只有我面无表情地坐在那里，他有点儿不满地望向我。

于是我挂上牵强的笑容，内心是满满的尴尬。

这些年，我见过太多有棱角的人，他们渐渐被岁月磨得温润，顺从。也许有一天，我们都会被时代改良成不那么彻底的从众者，对着他人漏洞百出的荒谬言论随口应和，并将其粉饰为教养。

我现在可以告诉这个学妹，你并没有做错什么，你只不过是拒绝做一名从众者。有句话说得好：一个人如果没有好姿色，那么你要有好气色；如果你没有好气色，那么你要有好脸色；如果你没有好脸色，那么你要扮演好你自己的角色。

人一生中最难得的是坚持做自己，不为讨好这个世界而变得小心翼翼。我想，这大概是一个人扮演好自己角色的表现吧！

身在红尘中，各种不得已让我们身不由己，这就注定了各种令人唏嘘不已的爱情结局。

爱情，和你想的不一样

C君正在职场金字塔中往塔顶冲刺，三十好几的年纪还单着，看他一副高处不胜寒的样子，实在不忍心他天天一个人吃饭、睡觉、看电视。于是，我在没有跟他打招呼的情况下，组局给他安排了一个相亲宴。

相亲的姑娘是我千挑百选，自认为是最拿得出手的，论样貌、论学识、论性情都是拔尖的。饭局也算其乐融融，两个人聊得也算投机，还互留了联系方式，席后C君也绅士地把女方送到住地。

回家的路上，我跟一个朋友说："这下张生和崔莺莺有戏呢。"朋友闷闷地说了一声："静观其变吧。"就这样连续几天，我都陶醉在自己的红娘角色里。期间，偶尔发现他的朋友圈里会发一些两个人一起的信息，我心想总算是成就了一桩好事。

不觉间，夏天就溜过去，秋意来袭。再见C君时他又买了新居，让大家聚聚。我打趣道："新媳妇一起娶进门不？"C君尴尬地笑笑，什么也没说。

一周后的晚上，我正在赶稿子，他约我到蓝色港湾的猫屎咖啡见面。我说自己正忙得焦头烂额呢，改天吧，我这会儿什么心情都没有。他还是不依不饶地说："你来吧，算我求你。"谁叫我耳根子软啊，最听不得这个"求"字。于是，我决定会一会这个朋友。

"你怎么想起请我喝咖啡啊，我可点他家最贵的麝香猫咖啡了？"我捉摸不透他大晚上的非要来喝咖啡是为哪般。

"好，你点自己喜欢的就行。"他摆出一如既往写着"不好意思"四个字的微笑。

"她没看上我。"我刚喝进去的咖啡还在口中荡漾，他就冷不丁来了这么一句。害得我忙不迭地吞咽下去，顿时神经绷得紧紧的。

"怎么回事？"

"今天她结婚，跟公司的同事。上海人，在北京有房有车。"他搅拌着面前的咖啡，缓缓地说。

"你们不是相处得好好的吗？"

"可能她觉得没有安全感吧。"

"安全感指的是钞票、房子、车子吗？"

他笑了笑，不置可否。

"这也没错，我向来不觉得爱情饮水饱。可这些，你不也不缺吗？加上你是典型的高级实用性技术男，日子就等于是无限风光了呀。"

"我喜欢她，所以没告诉她。"C君的眼神中闪过一丝黯淡，不知道是后悔自己没来得及解释，还是后悔自己高估了自己的魅力。

"你不会玩电影上那招了吧？装穷，天天让人家跟着你挤地铁，吃快餐，还告诉别人三里屯的房子是朋友租的，出国了给你暂住几个月吧？"

"你是神婆转世吗？我只是想生活得不一样，跟她开个玩笑。"

"真是中了文艺的毒，书读多了不好，早就说过你了。一是把我们落下太多，你会变得没朋友；二是思想容易出问题。这会儿肠子都悔青了吧？"

"遗憾，不后悔。我以为等了那么久，终于等到那个可以牵手过日子的人。"他对着我笑了一声，冒着傻气。

"算了，往事都随风，都随风。忘了这个三寸目光的傻姑娘吧。走，我请你喝黑啤。"

然后的然后是，一个瘦弱的一米六的身板生拉硬拽地把烂醉如泥的一米八的健硕大汉塞进了一辆两个月都没洗的小甲壳虫里。在望京七拐八拐的路上用了一个半小时才找到他那个100多平方米的新家。

半夜回到家，我就跟另一个朋友说："C君肝肠寸断了，这个看似像独角兽一样的禁欲男人被击中要害了，估计一时半会儿是好不了了。"

大侠叹了口气："自古多情总比无情恼啊，改天你再帮他介绍个，用转移注意力疗法吧。不过，我太了解C君那非要一棵树上吊死的性格了，我估计你的难度系数为五颗星。"

我不这么认为。失恋这件事，摊开来看，实在没什么大不了的。C君只是不愿承认他的用心却被别人直接无视后的失败。人成功久了，就承受不起失败。

我还没来得及给C君接着物色对象，朋友小薇就在电话那头有气无力地说："我想离婚了，跟他在一起太累了，他根本就不知道我想要什么样的生活。"

"你这次想好了，下定决心了？"

"想了好几天，也跟他谈过了，他同意。"小薇哽咽地说。

"你这像是从婚姻的坟墓里逃出的自由女人吗？你这状态明明就是一被抛弃的怨妇！"

"我只是担心离了婚以后生活质量下降了，我这么多年都没出去工作了，没信心。"她的忧心忡忡隔着电话蔓延过来。

"你不要这么作，好不好，要么别折腾，就这么过一辈子，要么就提起精神，收拾好你自己。生活真是害了你，让你早早遇到了贴心男，嫁入富余经济里，从此，生活的汗流浃背就与你没关系了。"

接着就是一阵沉默。

哪个恋爱中的人不是对美好未来有期待，祈祷自己"择一城终老，遇一人白首。"可是大多数情况却是，辗转流浪过几张单人床，才知道短暂的栖息与长相厮守之间隔着怎样的距离。

失恋是让人肝肠寸断的事。可是比起失恋，更让人痛苦的是，有些人苦苦撑着不让自己失恋。特别是那些不甘心让自己的青春白白流逝的女孩，担心再也找不到这么好的人，长期养成的依赖习惯也让自己成了寄生物种，所以不断地安慰自己"他还是爱我的，他不打电话、不回短信是真的在忙，男人有事业心是好事""他吹胡子瞪眼儿发脾气，是因为自己做得也不多，他真的说过我是他手心里的宝""他背叛了我，不是他的错，都怪外面的狐狸精太多……"如此种种，真的是忍气吞声到无所不包容。

爱情，无非就是一个方程式，唯一的解法是：眼睛为他下着雨，心里却为他打着伞。你若做不到，劝你把伞移到自己头上，先给足自己安全感。

容貌这个事三分天注定，三分靠装饰，剩下的四分"腹有诗书气自华"。一个人的容貌虽不是永久有效的通行证，却是可以优先通行的入场券。

才貌双全，才是一个人最好的装扮

一个阳光明媚的午后，小瑾手里摆弄着咖啡杯手柄，义愤填膺地向我抱怨："一想起那个面试官的表情，我就抓狂。他竟然因为我的形象和我的简历不相符而拒绝继续向我提问。要知道我可是花了大把的银子报了培训班，挑灯夜读了一个月，才从几百号人中脱颖而出，我好不容易通过了笔试，来到了面试的环节。他居然以貌取人，难道我的才华都能写在脸上吗？错过了我，他一定会后悔的。"

相比小瑾的愤愤之情，我很淡定。

我不禁打量起她来：她虽然化了淡妆，却仍掩盖不住那凸显的黑眼圈和嚣张地拥簇在额头上的痘痘；穿着极宽松的外套试图遮住腰上的赘肉；一条有些抽丝的黑丝袜上还有一个扎眼的小洞暴露在小腿外侧。

很明显，因为外在的问题，她被鄙视了。我当然知道她的能力，上大学的时候她可是在每个学期期末都拿优秀奖学金的人。

小瑾有些黯淡地说："其实我相信我有能力让那个面试官收回对我的鄙视，但我没有得到表现能力的机会。我不就是长得不好看吗，这个世界就这么肤浅，不看能力只看脸吗？"

我实在看不了小瑾这副怨天尤人的模样，所以有心敲打她。我笃定以我们四年同穿一条裤子，钻一个被窝的交情，小瑾是不会跟我翻脸的。

我说："你不是长得丑，是邋遢。你现在多少斤了？"

她忽然有点底气不足："没称过，上次称是一百三，是有一点胖……"

我也没客气地回她："你太谦虚了，你这叫有点儿胖？女人跟大妈的分水岭就在小蛮腰上，你的腰呢？长得不好看？这世界上有几个素面朝天就能光彩照人的女人？连被盛誉有着倾国倾城之貌的李夫人在病榻之际，也以没化妆面容憔悴为由而拒见汉武帝，你要是面试前准备好得体的妆容和穿着，何至于此？健身、护肤、化妆都能提升一个女人的气质，你做了哪项，你有什么资格在这里抱怨世事不公？"

面对我连珠炮似的质问和数落，小瑾没有再开口。

容貌这个事三分天注定，三分靠装饰，剩下的四分"腹有诗书气自华。"一个人的容貌虽不是永久有效的通行证，却是可以优先通行的入场券。

作为女人可以不漂亮，但是必须精致，因为容光焕发的女人永远不会让人觉得讨厌。如果你能做到肌肤光洁，面部干净，口气清新，唇红齿白，穿着得体，身上永远有着淡淡的宜人香气，那么你就会是人群中最闪亮的那一个。

秦先生的朋友在微信朋友圈发了一条动态：这是个什么世道，长得丑还有理了？这条消息瞬间激起了吃瓜群众的围观心理。

晚饭期间跟秦先生八卦才知道，原来秦先生的朋友经亲友介绍，在周末安排了一次相亲，去见了一个据说高学历、高薪资的姑娘。朋友自然不敢怠慢，去理发店修了发型，穿上了锃亮的皮鞋，披上修身大衣，途中还专门绕路去4S店洗了自己的爱车，以示尊重。

到达相亲地点后朋友却大失所望，对面的姑娘一头乌黑长发却泛着油光，未经修饰的脸上暗淡无光，鼻翼两侧长着密密麻麻的雀斑，衣着更是不忍形容，像是随手披了个麻袋就出门了。

两个人刚一落座，姑娘就开诚布公地说，自己年纪也不小了，就是奔着结婚去的。于是姑娘全程不苟言笑地开启了提问模式，问题始终围绕着房子、车子、家世、事业。最后姑娘单方面宣布对朋友有继续了解下去的意愿，又一厢情愿地约定了下次见面的时间和地点。

秦先生的朋友一想起那位姑娘惨淡无光的脸和一副苦大仇深的表情就很抗拒，于是当面拒绝了姑娘的好意。没想到秦先生的朋友前脚离开餐厅后脚就接到了介绍人的电话，埋怨、斥责他，说什么没有风度，好看不能当饭吃，不能这么肤浅……

秦先生的朋友气愤不已，只说了句我就喜欢长得好看的姑娘，就挂了电话。

谁不喜欢长得好看的姑娘，连我这个女人在大街上看到面容姣好、身姿娉婷的姑娘都会忍不住多看两眼，何况是广大男性朋友。

都说爱一个人始于颜值，忠于人品。如果连颜值这关都过不了，遑论你的才华能力与内在修养。外在形象，往往是我们生活的代言。你的形象往往反映了你的生活品质，你读过的书，走过的路，爱过的人，经历的风花雪月，都明明白白地写在你的脸上。

不要再抱怨什么这是个看脸的世界，也不要再叫嚣长得好看有什么了不起，长得好看就是了不起啊！

那些叫嚣着"以貌取人不公平"的人，请别忘了一点：没有人有义务必须透过连你自己都毫不在意的邋遢外表去发现你优秀的内在。

漂亮是一个女人一生的必修课。从一支口红开始，收拾好妆容和这个世界对抗，坚持下去你会发现，其实你也能站在望得更远的地方，披着霞光，变成更好的模样。

> 心动的感觉就像惊艳的烟火，绚烂且短暂。而真爱更像是阳光，能给你持久的温暖。

舍不得给你花钱的人，更舍不得给你爱

前几天，我的一个朋友在微信上问我该花男朋友的钱吗？我这个朋友是职场女强人，经济独立。

我问她为什么这么问，她徐徐道来："和男朋友谈恋爱两年多，他除了情人节那天给我发过一次五块两毛一的红包，就什么都没送过，我嘴上虽不说什么，心里却很纠结。是不是我太物质了？"

我叹了一口气："傻姑娘，恋爱期间，用礼物和金钱表达心意是再正常不过的表现啊，跟物质不物质的没有一毛钱关系。"

她说："其实我也这么想，每逢他的生日或是其他重要节日，我都会提前一个星期想好送什么礼物给他。我送的每一个礼物他都照单全收，却从来没见过回礼。就连那五块两毛一还是我生日那天撒娇要的，我跟他说女朋友过生日是不是应该发个红包表示表示。收到这五块两毛一，我更心寒，还不如不发呢！都说爱情不能用金钱来衡量，是不是我太俗气了？"

看着她还在傻傻地审视自己，我不禁有些心疼：哪里是你俗气，是他配不上你！物质是表达爱意的手段，一个男人为你付出的金钱与精力和他对你的爱意是成正比的。

她说："我何尝不知道他的爱只有那么一点点，不过是我割舍不下，自欺欺人罢了。"是啊，其实他对你好不好，你自己心知肚明，一个恋爱两年多、只在情人节那天给你发过五块两毛一的男人能有多爱你呢？

许多女人都认为花男朋友的钱是庸俗而功利的，我就是要单纯地爱他，让他知道我爱得纯粹，爱得干净，我不想用钱来亵渎爱情。好吧，那你可千万别花男朋友的钱，让他把钱留给别的女人吧，守着你最纯洁的爱做个你以为的好女人吧。

"假如你爱上了一个男人，却又不确定这个男人是否爱你，就向他要钱花。"这句话不无道理。爱情中，女人都很忌讳世俗的纷扰，认为无论什么事情一旦沾染上金钱就无比肮脏。其实金钱只是检验真爱的一个标准，尽管一个男人给你花钱不一定爱你，但不愿为你花钱绝对不爱你。

在你费尽心思经营的爱情里，不愿意向你表达任何物质形式的爱意，只要涉及金钱利益便转身走人的男人，记得千万别留恋，要果断斩情丝。因为你只是一个人在所谓的爱情里独舞，他并不爱你，这就是现实。

但如果你说我爱他，关他什么事。然后继续为爱飞蛾扑火，奋不顾身，直至遍体鳞伤，捂住伤口，还笑笑挥手说至少我爱过。我佩服那些执着追爱的人的勇气，却不艳羡那样单方倾注的爱情。就像小美，最终还是放弃了她苦苦追逐的爱情。

我还记得小美初见她男朋友的样子，从操场回到宿舍就已经变得不正常了，她时而大笑，时而沉静，时而神经兮兮，时而絮絮叨叨地说一定要把他追到手。

问其原因，同行的舍友说："篮球场上小美看上了一个同系的学长，回来的路上就成了一副疯疯癫癫的样子了。"

后来我见到了那位学长：皮肤白皙，眼睛明亮，双腿修长，一看就是穿上白衬衫也很好看的模样，确实是偶像剧里白马王子的人设。难怪小美为之神魂颠倒。

小美为了追求学长，用尽死缠烂打软磨硬泡的手段，深入苦情女主贤妻良母的角色。长期潜伏在学长所到的地方，制造一场场浪漫的偶遇，再煽情地说一句：好巧啊，原来你也在这里。甚至寒冬送煲汤，炎夏煮凉茶，任劳任怨地送了一年多。

功夫不负有心人，小美终于抱得美男归了。也是，连我们这些旁观者都被小美"我就爱你，与你何干"的勇气打动了，更何况当事人。

然而，毕业三年后，再见小美时，她已经不是那个整日欢声笑语的阳光女孩了。

她说："我爱不起了，我催眠自己爱情是一个人的事，我爱他就好了，可是人都是贪心的，总是希望自己爱的人也能渐渐地爱上自己。当我用尽心力地对他好，却在生病时只得到电话里一句'那就吃药'的时候，我的心还是疼痛地缩成一团，无比难过。我受够了每个独自抽泣的夜晚了。"

　　现实面前，她终于放手了。守着这样的爱情，太冷，太苦，也太心酸了。

　　我安慰她，也许你爱上的并不是那个他，而是在爱那个曾经一往无前的自己。再回首的时候，也许记不得他曾经如何对你忽冷忽热，爱答不理，但是那个为爱情执着努力的自己，还是会让你感动，对不对？

　　没有钱，人不在，实在谈不上是真爱。我们这些凡人所能想到的最好的爱情状态恐怕就是：我们很相爱，不怕谈及钱。

在疼爱你的人面前，你永远都只是个孩子，四肢不勤五谷不分；在不爱你的
人面前，你永远只能做个汉子，独立自主又能干。

听说你出门不带脑子

汪先生出差，女友童小姐给他发微信说：我想你了，要去找你。

汪先生一个电话打过去："我今天晚上去接你好了，然后咱们一早再
返回去好不好？"

童小姐不解："多麻烦啊，我自己去就好了，你把地址发给我。"

汪先生："不行，太危险了。"

还没等童小姐开口，汪先生接着说："晚上一个人出去太不安全了，何况你都不认识路，万一走丢了，万一遇上了坏人……"

汪先生停顿了一会儿，估计在脑海中幻想了一百种童小姐遭受迫害的情形，然后更加坚定地说："不行不行，我去接你，这件事没得商量。"

童小姐弱弱地分辨："坏人都喜欢小美女，我又不是！更何况我怎么会那么倒霉，一出门就遇上坏人……"

汪先生抢过话："车上要有你，那别的小姑娘就安全了，知道吗？像你这种过马路都不看车，喝口水都能被呛得半死的人，一个人出门我能放心吗？"

莫名被人夸赞，童小姐瞬间心花怒放，汪先生的意思是说她比别的姑娘都漂亮可爱吗？

汪先生接着说："老老实实在家待着，等我回去接你，知道吗？"

童小姐在电话这边点头如捣蒜："好吧好吧，都听你的。"

原来在爱你的人眼里，你就是个生活不能自理的小孩子，偏偏你还自得其乐，还很享受……

我想，大家都曾经有过这么一个愿望吧，当一只树懒或者考拉，每天除了睡就是吃，一年四季，有枝可依。

大学毕业后，童小姐和汪先生去青岛旅行，订往返车票，订旅馆，行程安排全权由汪先生负责，甚至当童小姐的皮肤被青岛毒辣的日光晒得刺痛的时候，汪先生都能像蓝胖子一样神奇地从背包里翻出防晒霜来给童小姐涂上。

跟汪先生出门，童小姐什么都不用做。仿佛只要牵着他的手，就能周游全世界。说实话，跟汪先生在一起久了，童小姐已经慢慢地产生了依赖感。

童小姐是个很纯粹的路痴。有一次，童小姐一个人去一个陌生的地方参加考试，一下车就晕头转向，分不清东南西北。童小姐就跟着感觉走，谁知路越走越荒僻，想原路返回时，已经记不清来时的路了。无奈之下只好打电话向汪先生求助。于是有了以下对话。

我找不到路了……

你现在在哪儿？

我不知道啊。

那你把手机定位打开，然后把你的位置发给我。

可是我不会……

……那你给我描述一下你周边有什么标志性的建筑。

我左边有棵树，树上还有一只鸟……

……算了，你把你周边的环境全方位拍一下，发给我。

好，这个简单。

于是童小姐发给他四张带有周边风景的自拍照。就这样，在汪先生左右方向的远程指导下，童小姐成功地找到了考场。

所以说，当童小姐美滋滋地跟我秀恩爱时，我调侃她，对一个人最大的信任就是，自己出门不用带脑子吧。

爱对了人，可以永远不需要长大。愿你足够幸运，会有一个人把你当成掌上宝、心中玉。他会成为你的脑、你的眼、你的导航仪、你的计算器。他是你鞍前马后的骑士，贴心地为你打点好一切。

听同学说，宁溪和滑远分手了。我大惊，他们不都已经订婚了吗？后知悉，是因为一张飞机票。

宁溪与滑远是异地恋。滑远读的土壤学博士，每个月都有研究任务，在各个城市的农业生态研究所往返，很忙，所以每次都是宁溪去找他。可是这个月的助学金和勤工助学金都还没有发下来，宁溪只好要滑远帮她订机票。

宁溪看到机票信息后很吃惊，居然是半夜两点钟的，宁溪心想他一定会到机场接我，有他在我就不用怕。

谁知道，宁溪下了飞机后，并没有看到滑远的身影，她有些慌了，打电话问他怎么不来接她。滑远用迷糊的声音说："我太累了，你先找个旅馆休息下，天亮再过来找我吧！"

宁溪什么也没说，眼泪却不受控制地往下掉。她挂了电话，找朋友借钱买了最早的返程机票，离开了那个伤心的地方。

宁溪说："我不是那种作的女生，当我独身一人徘徊在凌晨的陌生城市的时候，我史无前例地觉得特别没有安全感，我笃定，他一定是不爱我的。因为不爱，才会不顾及我的安危，不考虑我的感受。我的安全都不值一张打折机票的差价，我还怎么跟他在一起呢？"

爱情所需要的安全感，应该就是一份妥帖的安排，一种可以依赖的宠爱吧！在疼爱你的人面前，你永远都只是个孩子，四肢不勤五谷不分；在不爱你的人面前，你永远只能做个汉子，独立自主又能干。

你有你的远方，我有我的诗圃，我绝不愿做那个让你一边南行一边频频回首的曾经，因为破碎的爱，咫尺天涯。

敬往事一杯酒，再爱也不回头

小猫失恋了。整个人一下子像得了重病一样，颓废而绝望。

其实失恋没什么大不了。谁没失恋过，经历之时我们觉得那是一颗令人绝望的毒瘤，拿不走，割不掉，轻轻一碰，痛不欲生。经历过后才会发现那不过是一颗青春痘，随着时间的推移，它会慢慢消失，最后甚至没有一点痕迹，连你自己都忘了这里原来还长过一颗痘。

我提了一兜零食，按响她家的门铃，一个蓬头垢面的女人给我开了门，这不是我认识的小猫：褶皱的睡衣里包裹着一个委顿的身躯，浓重的黑眼圈，挂在眼角的眼屎，嚣张的青春痘肆意地生长在额头上，头发随意地绑在头顶，蓬乱得可以住进一只鸟。

我认识的小猫，下楼取个快递都要修饰好妆容，整理好服饰穿搭。

小猫一见到我，立刻双眼泫然欲泣，像看到多年不见的亲人一样，给了我结结实实的一个拥抱，我嫌弃地推开她："你多久没洗澡了？"

小猫不回我，而是委屈地哭诉："老大，我好难过啊。"

被同一个人分手了两次，这种滋味只有小猫知道。她说："我一颗真心捧上去，被别人毫不吝惜地掷在地上，踩在脚下。"

回忆起初见往事，小猫还是忍不住地一脸温柔：初见他的那一天，他陪朋友去见我，我不是不知道他的朋友对我有意，可是他坐在那里，像一颗小太阳一样耀眼，我就只看得见他一个人。

分别后，我就含蓄地表达了我的好感，他竟然欣然接受了。我想这就是传说中的爱情吧，一切都发展得那么快，那么好，郎情妾意，水到渠成。

我和他一起躺在草地上，看星星看月亮，一起去欢乐谷疯狂尖叫，一起在隐蔽的夜色里接吻。太多疯狂的事情了，我都来不及回忆，以至于他最后绅士而谦卑地向我道歉说爱上别人了的时候，我也只是觉得心痛，却并不恨他。

时过两年，以为自己早已对没有那个人的日子习以为常，以为那种一经想起就痛彻心扉的感觉早已淡去。可是当有了他的消息依然内心激荡，才明白这两年来的坚强只不过是给自己披上了一副盔甲而已。

再见他时，他身上多了些稳重成熟的味道。他还是那样风度翩翩，一场电影，久违的牵手，依然会让我怦然心动，触动情肠。

小猫抓着最后那点虚妄的希望，再一次爱得奋不顾身，再一次跌倒在原来的地方，摔得遍体鳞伤。

他给的温暖就像是一颗暖情的春药，让人上了瘾着了魔，死心塌地，心怀一腔孤勇，上刀山下火海，誓不回头。

正因为放不下，于是痴痴纠缠，纠结着、徘徊着、伤痛着，在所剩无几的爱里犯贱般地折磨自己，执着地不肯放手。

爱情里，爱得轰轰烈烈并没有什么错，只不过在缘尽了的时候，不如一别两宽，各自生欢。学会全身而退，才能保全自己，给曾经的爱留一点美好的念想。

他走了就是走了，再回来，那一条为他亲手割的伤疤清清楚楚地横在那里，早已不是原来的模样了。旧情旧爱，更像是遥远的一场旧梦。喝一口酒，说一个故事，再无波澜。

当年一个曾经相爱五年的前任找我复合，我心中犹豫不定，一方面留恋旧情，另一方面又害怕重蹈覆辙。

闺密得知后说："回头草我吃过，味道不怎样，劝你不要尝。"然后我义无反顾地去尝了，果真很难吃。

分手了就不要再回头了，你要断的是彼此还爱的幻觉，要舍的是曾经爱过的眷恋，要离的是携手同行的前路，而不是纠结于是否还要联系等细枝末节。以不至于平白地坑害了别人，恶心了自己。

我们都以为，一次分手足以让我们在以往的经验里吸取教训，能够在爱情里有所长进。然而复合后的人们会发现再次分手的原因仍是之前的那些问题。

你有你的远方，我有我的诗囿，我绝不愿做那个让你一边南行一边频频回首的曾经，因为破碎的爱，咫尺天涯。

一段爱情，承载了多少难堪与羞耻，欺骗与失望，就承载了等量的爱意与在意，信任与期待。我仔细保存着它最初的模样，不忍它再经历一丝消耗，不想再添一道多余的笔墨，不愿任何人再去拨弄它，挑逗它，包括我自己。它只需安静的留在过往就好，无须参与我的以后。再次掀开它时，我能不痛不痒地诉说，爱过的人不能忘，也不再想。

敬往事一杯酒，再爱也不回头。分手了就不要再见，也不要再贱了。这是对爱情最后的成全与尊重。

感情黏稠，不只有人被爱，更多的人明明被伤害、被哄骗、被利用、被背叛，却依旧拉扯不断。那些基于爱和信任的选择与由于怯懦和软弱的妥协，喜忧参半。

听，这响脆的打脸声

雪晴问我："分手一年多的男朋友回头找我了，我该怎么办？"

那个男人是雪晴的初恋，雪晴爱他爱得很深，当初分手是因为乱花渐欲迷人眼，他没扛得住野花的诱惑。

我反问她："你心里不是已经有答案了吗？"

她说："我想听听你的意见。"

我不动声色地说："我这个人一向劝分不劝和，你是知道的。如果我是你，我不会选择复合。"

雪晴终究没有听我的劝，不管不顾地重新投入了自己的全部感情。果然，她再一次在原地栽倒，哭着跟我倾诉。

当初，那个男人说用一年的时间了解到什么才是最重要的，雪晴就是他生命中最重要的那部分。雪晴不是没有疑虑，没有怀疑，只是她发现阅尽千帆，心里想得到的答案不过就是：可以试着相信他。

雪晴以为自己放下了，释然了。可当那个男人重新回到她面前的时候，她听见自己用一年时间筑起的坚强外壳开裂的声音，她的世界依然期待他的参与。她骗不了自己。

我轻轻地拥住她，表示理解。直到现在，我也仍然没有办法去安慰那些在感情世界里受到伤害的男男女女，告诉他们该怎么做，才能走出悲伤的情绪，因为每一段感情对于当事人来说，都是一段无法复制的珍贵回忆。

这世界上没有真正的感同身受。你的感受，没人能替代。所以不要替任何人做决定，就算你再了解这件事情，你也无法完全代替当事人。你最多所能做的就是以一个旁观者的角度，去帮他们分析利害而已。

娱乐圈里的公众人物前赴后继地被爆出出轨的新闻，他们之前说过的情话，秀过的恩爱，都在事发的那一刻给当事人一记响亮的耳光。听，这响脆的打脸声。

某男明星出轨了，网友扼腕叹息：这种情况只能劝分不劝和了。

网友纷纷站队女明星，为她打抱不平。"渣男！""怎么就管不住自己呢？""男人果然都不是什么好东西。"大家纷纷捏着毫无遗漏的证据，站上道德的制高点，宣泄自己的戾气与愤怒。

毕竟，对很多人而言，踩着别人的污点，才能反衬出他们的洁白无瑕和德高望重。于是，那位男明星在一夜之间从荣耀加身的王者沦落为十恶不赦的坏人。

贫贱之志不可忘，糟糠之妻不下堂，妻子陪他从籍籍无名到王者加冕，为他放弃如日中天的事业，心甘情愿地做一个下厨做饭的专职主妇，而他却在妻子需要他的时候与别人偷欢。

于是大家纷纷规劝：出轨这种事只有零次和一万次，这种男人不要也罢。在无边的谩骂声中，只有极少数人劝女明星冷静处理，如果男明星能痛改前非，可以再给他一次机会。意料之外的是，女明星发了微博声明，表达了对老公的支持。

网友们纷纷坐不住了，一副恨铁不成钢的恼怒样子。惊讶于她亲手把一个出轨伤害过她的渣男，塑造成了有责任有担当的英雄。仿佛这件事，比男明星出轨的行为更令人气愤。

只是，感情这种事远比人们想象中的要复杂，爱恨纠缠，冷暖自知。不是当事人，就没有办法设身处地地为别人打算，替别人感受。感情黏稠，不只有人被爱，更多的人，明明被伤害、被哄骗、被利用、被背叛，却依旧拉扯不断。那些基于爱和信任的选择与由于怯懦和软弱的妥协，喜忧参半。

你说你懂，其实你不懂，因为日夜睡在他（她）枕边的人是她（他），而不是你。

如果我是旁观者，我也会讲：像你这种情况，只能劝分不劝和了。但决定权依然在当事人手里。如果他愿意尝试，拿着手里那一点点渺茫的希望再赌一把，万一赌赢了呢。

你当然可以嗑着瓜子，抖着腿，在网络的另一端肆意地敲着键盘，直抒己见。那么当事人也可以一个嫌弃的表情飞过去：分不分的，关你什么事。

有一种自虐，
叫不懂拒绝

你是领导眼中能吃苦、干重活的人？

你是大众眼中有求必应的大好人？

你是亲朋好友眼中的救火员？

自以为自己擅长让别人高兴，

但是实际上，你是在透支自己。

> 我不是教你冷漠，而是经过岁月打磨，你稍微露出一些棱角，反而能更好地保护自己，才能更从容不迫地生活。

你把姿态放得太低，就会有人把你看低

芳芳是我在大学里最好的朋友，她是一个超级和善的人，是那种看到路边乞讨的老人不给钱就挪不开脚的人，人缘超好。大家都喜欢她，但她最喜欢我。

毕业那天，我们两个坐在桥边，两只脚来回地晃荡着，一边吃零食，一边调侃。

我说："你这个人哪里都好，就是不懂得拒绝别人。你说去年你好心好意帮了别人，结果她还倒打一耙，诬陷你偷了她的钱，你说你图啥。"

她嘻嘻地笑着，用深情的眼神看向我，看得我起了一身鸡皮疙瘩。然后淡淡地说："你不是帮我证明清白了吗，还把人家小姑娘说得梨花带雨的，想起来就觉得痛快。"

我也笑了，问她："你那么善良，能力又那么强，性格跟我差很多，为什么偏偏要与我为伍啊？"

"可能你是我想要成为的那种人吧，不在意别人的喜恶，不知天有多高地有多厚。"

我斜眼看她："就当你是在夸我吧。可是你经历了背叛应该也知道，这世界并没有你想象的那么美好，人性的恶远比你想象得更可怕。面对恶的时候，你的善良之道是行不通的，唯有学会拒绝，才能远离很多是非善恶。"

她嗤笑："说得好像你深谙其道似的，不知道是谁在我颈椎压迫神经痉挛的时候吓得直哭。"说着她拽着我站起来，倚靠着护栏，对这潺潺流动的河水大喊："我就是要在这个功利的世界里，做个善良的人！"

我望着她笑笑，然后在心里祈祷：愿你的善良，有处安放。

转眼毕业多年后。有一天，她发微信给我，约我周末聚一聚。我依然记得那个娇小的女孩在老旧的桥边燃血的呼喊。

一见面，她就打开了一瓶啤酒，泛白的泡沫迫不及待地冒上来，她仰头灌了一大口，愤愤地说："这个世界实在是太可恶了！"

她毕业后进了一家颇有名气的公司，她能力强，待人又和善，每天都踏踏实实、勤勤恳恳地工作。想着总有一天老板会看到她的努力和实力。

为了能和同事搞好关系，并迅速融入工作环境，她主动帮同事解决困难。久而久之，大家都知道芳芳是一个很好说话的人，把原本属于自己的琐碎的工作都交给她，于是芳芳变得越来越忙碌，有时候需要加班到很晚才能完成额外的工作，每天都很疲惫。但她始终学不会拒绝，只能安慰自己说，工作多不一定是坏事，不仅能提高自己的工作效率，还能学到更多东西。

然而打印东西、贴报表这些工作大多是没什么技术含量的。

是金子总会发光的。老板终于还是注意到她了——那个每天第一个上班，最后一个打卡下班的姑娘；那个总是能把分内的工作完成得又快又好，把分外的工作也能处理得当的姑娘。

就在芳芳觉得她与梦想越来越近的时候，她却被调岗到一个完全陌生的岗位上，薪资下调了五百元。这时，总经理女儿空降办公室，连声招呼也不打，就占据了那个她一直在努力争取的职位。

后来才从交好的同事那里得知，她被同事匿名举报，说是她拉帮结派，搞利益小团体。领导忌惮她，才把她调到一个闲散的岗位上。

芳芳说着说着就哭了，酒瓶子掷到地上，骨碌碌地原地转了两圈，连个裂纹都没有，就像芳芳的人生……

芳芳终于明白，一个人由于良好的教养、谦逊的性格把自己的姿态放低，一些人就会理所当然地把你看低。从前那个信誓旦旦地向这个世界宣战的姑娘，终于还是输得一败涂地。

为什么有人会轻贱你、诋毁你？因为你太过善良了。

太过善良的人往往会形成一种软弱的优秀，有人就会挑你软弱的地方下手，践踏你，自己爬上去。

什么事情，别人一找，你就答应；什么东西，别人一给，你就要。这样你就会变得没那么珍贵了。做人除了说"好啊好啊"之外，还要学会说"不"，亲和力虽然很重要，但是一个人的价值，更多的是靠拒绝得来的。因为拒绝，可以让你变得更珍贵。

我不是教你冷漠，而是经过岁月打磨，你稍微露出一些棱角，反而能更好地保护自己，才能更从容不迫地生活。

我们当然要做善良的人，然而善良并不等于不辨是非，并不等于没有原则，并不等于被利用。

做一个好人，而不是老好人

做一个好人是一种美德，但是做一个太好的人就会给自己带来灾难性的影响，尤其是对于职场人士来讲，自己做人的原则常常会被无意地践踏。

江南辞职了，打电话向同事告别。同事很伤感，对他说："小南，我们都不舍得你走。以前你在的时候，这么热的天气，总会帮我们买冰激凌和可乐，现在你走了，可苦了我们。"

听完同事这些话，江南心里很不是滋味。为什么？因为他突然弄清自己被迫辞职的真正原因了。

刚进公司的时候，为了搞好同事关系，江南表现得很积极，做事勤勤恳恳。每天上班他都早早地来到公司，拾掇台面，打扫办公室，还时不时帮同事带早餐。每逢休息日值班，只要有人开口请求，他都愿意帮忙，为此他变成了值班专业户。慢慢地，江南成了大家公认的"大好人"。

接下来的事情，基本上是每个"大好人"都会遭遇到的。江南的任务渐渐增多，接着他感到有些力不从心，觉得自己做得够多了，想拒绝一些跑腿的任务，可是没想到，马上埋怨就来了："摆什么架子呀？快去快去，我们等着用呢！"碍于情面，江南只好继续做跑腿的工作。

这样事情多了，难免出错。有一次主管让他去车站接亲戚，他实在无法拒绝，只好领命，谁料刚出公司大门就被经理碰上。经理问他去哪里。江南不敢说实话，支支吾吾地说出去招工。后来经理知道了事情真相，主管写了份检讨报告，而江南却被扣掉了当月的全部绩效奖金。

你身边应该也有像江南这样的老好人吧，或许你自己就是。可能你明明很想拒绝别人，却还是说不出口，甚至会以牺牲自我为代价去对他人表现友善；无论你现在有多忙，只要有人提出请求、邀请，不管这会给自己带来多少麻烦、不快和高昂的代价，你仍会毫无原则地照单全收；太多超出自己能力范围的任务令你应接不暇，感到分身乏术，而所有这些令别人满意的付出，却并未让你自己真正感到快乐。

慢慢地你可能会意识到，这种老好人的角色对自己一点帮助也没有。你为他人花费了大量的时间和精力，甚至再没有多余的时间留给自己。而更令你沮丧的是，这种局面是你自己一次次地迁就与妥协造成的。

每及此刻，心中难免存有疑惑：我为别人鞍前马后，尽心尽力。长此已久，他们竟全都当做理所当然。对于别人的请托和要求，力所能及之处全都打点妥当，时间与精力消耗许多。而那些接受帮助的人，却在你稍有怠慢、顾及不到的地方斤斤计较，甚至投之以白眼与斥责。问及内心，真的值得吗？

毫无疑问，答案是否定的。

一个人如果披上了"老好人"的外衣，很多时候出于维持情分或是彰显助人为乐的好品格，都难以再脱下来，只能硬着头皮负重前行。这也是为什么那些"老好人们"尽管内心煎熬不已，却依然不动声色地扮演着这个角色。

当你意识到自己的生活已经被这些"额外"的要求打乱时，最好的办法就是及时停下来修正自己的行为。

因此你开始思考自己的人生，衡量自己的付出以及价值问题。因为当你意识到这些时，你的生活就开始改变了。

要解决你心中的困惑，最好、最简单的办法就是拒绝。对你不愿做的事情说"不"，对你无法接受的事情说"不"，对违背你做人原则的事情说"不"。通过勇敢的拒绝，逐渐恢复你正常的生活秩序和工作节奏。

人的精力和能力是有限的，不可能做到面面俱到。你当然可以做一个好人，但别做老好人。你可以助人为乐，给人帮忙，但要注意量力而行，适可而止。否则的话，你就可能陷入困扰，身心不安。对于他人的请托和要求，不能接受的，就要大胆拒绝。记住，你的时间、耐性和金钱是由你做主的，你有权选择和决定自己要做什么，不要做什么。

对于原本就不太懂拒绝的人而言，太重感情本身就是一个大问题，这会让他们原本不足的拒绝力不断流失。

你可以要强，但千万别逞强

人们常说助人为乐是一种美德，"赠人玫瑰，手有余香"，但我们也要知道帮助别人也是有前提的——那就是有能力。如果别人的请求已经超过了你的能力范围之内，你要完成这件事会非常吃力，甚至要拉周围的人帮你来扛，那么这件事就完全没有必要揽下来。因为这不叫助人为乐，叫遭罪。

或者，有些在别人看起来只是"举手之劳"的小事，其实对你来说分外困难，但你依然顶着情分接下来了，对方还是以简单的小事来看待你的付出，这样不对等的心理基准线最终会让你很受伤。

奈奈就是前车之鉴。奈奈是个非常有韧劲儿的姑娘，家境优越的她自从上了大学以后就再没有花过家里的钱。凭着自己要强的性子，工作不到十年就成了有车有房一族。而且奈奈是出了名的好脾气，乐观热情，不太懂得拒绝别人。

经济学专业毕业的奈奈投身到了投资银行的职业大军中来，这个行业工作强度非常大，专业性也很强。平时工作除了广泛地收集最新的经济资讯之外，奈奈还要仔细研读、消化和吸收，然后分析这些信息将如何影响客户投资组合中的资产，将自己对信息的领悟与见解传递给客户。

这只是工作的基础流程，要想成功地做好这份工作，还必须具有较强的素质，比如数学逻辑思维能力、处理电子表格的技能和思路清晰的分析能力。因此，奈奈常常自嘲要不是自己身上的这股子倔劲，恐怕早就转行了。

前不久，她的一个发小简约她出来，说是有工作上的事要请教她。奈奈和简从小一起长大，情谊深厚，自然是如约而至。

她们约在一家文艺酒吧见面。酒吧里放着轻音乐，不吵不闹的气氛让人觉得很舒服。奈奈想，难得有这样的休闲时光，不如趁此好好享受享受，于是她换了个更舒服的姿势倚在沙发上。

两个人简单聊了几句家常，简就直入正题地交代了这次见面的目的。简说："奈奈，我换工作了，以后要在金融圈里混了。"

奈奈听了这话，顿时喝到一半的鸡尾酒差点喷出来，她赶忙摆正身子说："你当话剧演员挺好的，为什么来趟这行的浑水？"

简笑着说："说来复杂，家里听说你在这行里混得不错，特地托关系把我也塞进了一家全国前十的金融公司，但是这家公司录用要求很严格，如果在一个月之内不能完成业绩要求，就要直接被解聘。"

奈奈问："那你一点基础都没有，怎么通过试用期呀？"

简回答说："所以我希望你能帮帮我，给我争取一点学习的时间。"

奈奈脸上现出难色，说："我自己的工作完成得都很勉强，我恐怕帮不了你。"

简赶紧接着说："这次工作机会来之不易，我不想就这么轻易放弃，其实我也可以找别人帮忙，但是我更相信你。咱们俩是从小一起玩儿到大的，如果你不帮我，我真的不知道怎么办好了。"

奈奈听得一脸动容，把已经到嘴边的拒绝又咽了下去，她紧咬牙根，说出了一句："那好吧。"

说出去的话犹如泼出去的水，没有再收回来的可能，奈奈只能硬着头皮上了。当晚，简就把工作任务发给了奈奈，她一看直接傻掉了，简的大多数工作内容对她来说是完全陌生的。无奈，奈奈只好做到哪里学到哪里，能力所不及只能靠时间来找补。那阵子，奈奈每天的睡眠时间都不超过四小时，帮忙完成简的工作之后，还要争分夺秒地完成自己的本职工作。

休息时间不够导致她的工作效率也不高，入职以后从来没有遭受过批评的奈奈在此期间被领导叫到办公室批评了好几次。

奈奈从来没发现一个月的时间原来有这么长，期限一到，奈奈如释重负。可是由于简的公司竞争激烈，对绩效要求严格，奈奈虽然已经尽力帮助简了，结果简还是被刷下来了。

而后，简在微信上发来一句话：我果真是信错了人，如果你只是想敷衍我，当初又何必答应要帮我。奈奈想要为自己解释，发过去信息，却收到显示：请先发送好友验证。

很显然，奈奈被拉黑了。奈奈觉得自己很委屈，这一次，她真是赔了上司的好感，又失去了一位朋友。早知如此，她当初一定会坚定地拒绝简的请求。

生活就是这样真实而无奈，因此你可以要强，但千万别逞强。别把自己的不自知伪装成善良，没有实力的善良等同于懦弱。

对于原本就不太懂拒绝的人而言，太重感情本身就是一个大问题，这会让他们原本不足的拒绝力不断流失。当别人向你发出援助的信号，而你没有与之匹配的能力时，那么请勇敢地说"不"。千万不要出于仗义，不顾自身的实际情况，盲目接受他人的要求，拼命给自己加担子，这样一来，结果可以预见：一方面，太重的工作负担，使得自己工作上的缺陷越来越多，工作成果也变得不如人意；另一方面，越来越沉重的压力，反而让自己透不过气。

> 殊不知，每个人都有自己的生活，谁也不会真的离不开谁，你选择不帮忙对别人的意义远比你想象得要低得多。

令你为难的事，越早拒绝越好

我们身边都会有一个不懂拒绝的老好人，他们随和厚道，性格温柔，不愿得罪任何人，更不懂拒绝别人，同时也缺乏原则性。

我有一个闺密，从前就是一个"老好人"的形象，什么活都往自己身上揽。

高三的时候学习任务重，各科老师布置的作业就能写满半个黑板。有一次，闺密的同桌生病了，要去医院看病，于是拜托闺密帮她记下作业，她怕自己回来得太晚，黑板上的作业被值日生擦掉了，这样就会落下功课了。

闺密想都没想就答应了。这一答应不要紧，大家可能是看她比较好说话，越来越多的人要求她帮忙记作业，闺密接受了第一个人的请求，就不好拒绝第二个人了，于是当别人专心致志地忙着复习功课时，她俨然成了一个记作业的机器。

当别人已经完成作业的时候，闺密才刚帮别人记完作业，很多时候她都不得不牺牲自己的休息时间，挑灯夜读来追回落下的功课和学习进度。那段时间她整个人很疲惫，听课的时候脑袋里也是浑浑噩噩的，每天的作业完成得都很勉强。

由于闺密休息的时间不够，精力自然很差，学习效率自然也不高，学习成绩也因此下滑。她终于意识到问题的严重性，鼓足勇气以影响学习为由拒绝了诸位同学，也因此引来同学诸多不满。

他们撇着嘴说："不就记个作业吗，至于上纲上线地说影响学习吗！"

闺密听闻此言，心碎了一地，没有和他们争辩，只是再没有答应过他们任何不合理的请求。

讲到不要勉强自己，有人就会说："如果改变自己的心境，那同样能够让我们内在的勉强得以消解：只要我们觉得助人是快乐的、高尚的，就算身体疲累，但至少内心是满足而愉悦的，我痛并快乐着，更何况疼痛使我成长。"

可是，一个人连拒绝做老好人都不会，还谈什么成长?

初到北京时，我的一个朋友同许多北漂族一样生活得勉以为力，住过地下室，吃过方便面。而北京的可贵之处在于，它不会辜负任何一个人的努力与才华。

朋友折腾过，也想过放弃，出于不甘心的坚持也终于有所收获。写的剧本由无人问津到排队约稿。后来，她同几个志同道合的朋友融资开了一个经纪公司，也算是小有成就。

由于是自己热爱的事业，工作上的伙伴也都热情似火，干劲十足，朋友的事业毫无悬念地稳步向前。

这时，朋友家里的亲戚来了电话："听说你开了公司，你的小表弟今年刚毕业，还没找到工作，不如就在你的公司随便给他安排个职位。"

朋友一听，脑袋"嗡"地一下就大了，出于对长辈的尊重，只能笑着问："表弟学的是什么专业啊？"

亲戚说："机械自动化。"

朋友像是找到了救命稻草一般，连忙说："实在是抱歉，我们这边主要是创意性的工作，专业不对口啊。"

亲戚不以为然地说："现在的大学生毕业以后，能找到专业对口的工作的有几个？什么工作不都是学学就会了吗。"

……

然后朋友的妈妈又打电话给她说："宝啊，你这个姨在咱们家困难的时候可没少帮咱们，做人可不能忘恩负义，你们公司那边有什么闲职就先让他干着。等他物色到好的、合适的工作自然就会离开你公司了，这个人情就算在妈头上。"

......

迫不得已，朋友只能把表弟请到了自己公司，给他安排了一个文职的工作。这件事虽然与其他的合作伙伴打过招呼，他们也没有说什么，但是却从她这里开启了一有职务空缺就用亲戚来填补的公司管理先河。

最终，公司业绩停滞不前。朋友悔不当初，这个人情，她本就承受不起，直到事态发展到无法挽回的地步，她才追悔莫及。

殊不知，每个人都有自己的生活，谁也不会真的离不开谁，你选择不帮忙对别人的意义远比你想象得要低得多。

令你为难的要求，还是越早拒绝越好，不然损害的就是你自己的生活。更何况真正在意你的人，不会没有底线地向你索取，他懂你的无奈，也懂你的软肋，更懂你的力所能及。

当爱已成往事，就要断的彻底，不要舍本逐末，别让愧疚感绑架你。生活不容易，要珍惜眼前人。

请记住，拒绝不等于亏欠

情人节到了，梓淇作为一个贤惠的女朋友，早早就准备好食材，摆好烛台，买好红酒。带着一颗急切而又喜悦的心等着男朋友阿德。一想到他推门而入，一脸惊喜的表情，梓淇的脸上就禁不住浮现出笑意。

电话响了，话筒里传来阿德的声音："亲爱的，今天公司有点儿事，必须加班，要很晚才能回家，晚上不能陪你过情人节了。你自己要好好吃饭，知道吗？"

梓淇挂掉电话，心里有点失落，可是男人要忙工作，这是好事，作为知书达理的女人，她怎么能怪他呢？于是，她一个人乖乖地在家看电视、吃快餐，一个人度过了情人节的夜晚。

但是情人节过后没几天，有一个好朋友却告诉梓淇，在情人节那天，看见阿德和另外一个女孩在某家高级餐厅共进晚餐。这个消息就好像炸弹一样，点燃了梓淇内心的愤怒。

她质问阿德："这件事情是不是真的？你到底有没有把我放在心上？"

阿德见事情隐瞒不住，便只好和盘托出。

原来那个和阿德共进晚餐的女孩是他的前女友，因为她在感情方面遭遇了一些挫折，希望找一个人来倾诉，所以请阿德陪她吃顿饭。由于当初是阿德先提出分手的，所以心存愧疚的阿德便没有拒绝前女友的要求。不过为了不让现任女友梓淇吃醋，以免闹出不愉快的事情，便只好以加班为借口，希望这件事就这样过去。

虽然阿德如实交代了事情的始末，说的也都是事实，可是梓淇的内心依然愤愤不平。一想到自己满怀理解之心，竟然会被男友的谎言欺骗，梓淇就会特别难受，为此她大闹不休，几乎要和阿德分手。虽然他俩的感情最终是挽救回来了，可是造成感情上的一些裂缝，却不是短时间内能抚平的。

因为曾经的事情，而心生愧疚感，从而不懂得拒绝，这是大部分人都会遭遇的心理问题。男人会出现这种心理，女人同样也不例外。

芸芸是一个漂亮且温柔的姑娘，在学校里有很多追求者。在众多追求者当中，有一个男孩特别殷勤，大学四年当中送了不计其数的鲜花、巧克力和其他大大小小的礼物。

刚开始，对于这个男孩的追求，芸芸并没有拒绝，但也没有明确接受。她觉得他不错，但还没有那种倾心的感觉，因此想再观察观察，看看这个男孩到底是不是自己的白马王子。

就在这个时候，浩钰出现了。他们是在一次校庆活动中认识的。浩钰是芸芸的学长，比她早两届毕业。浩钰为人风趣幽默，虽然毕业仅仅两年却已经成就斐然。他的成熟稳重、认真诚恳深深地吸引了芸芸，让她觉得浩钰就是自己心目中的白马王子。而浩钰对这个美丽温柔的小学妹也十分喜爱，两个人顺理成章地坠入爱河。

而此时，那个苦追芸芸四年的男孩早已经被热恋中的芸芸抛之脑后了。虽然芸芸从来没有明确接受那个男孩的追求，可是她心中免不了对他的愧疚，毕竟他在自己身上投注了四年的时间。在这四年当中，他错过了许多次得到真爱的机会。芸芸总觉得这是自己的过错，因此虽然已经有了浩钰，可是对于那个追求她的男孩见面、约会的请求，她总是尽量满足，她希望自己能借此弥补些什么。

于是，令人悲伤的故事发生了。在毕业前一天的晚上，男孩又打电话来，希望芸芸陪他出去走走。天色很晚了，芸芸本来不想去赴约的，可出于心中的愧疚感，她最终还是选择赴约。结果伤心醉酒的男孩，趁着酒兴对芸芸动起了手脚，而芸芸竟然没有反抗，就这样半推半就，两个人发生了关系。

很快，芸芸的事情被浩钰知道了，结果可想而知，原本美好的爱情就此破灭了。

生活中，很多人无法拒绝别人，就是因为内心存在的某种愧疚感和亏欠感。无论是感情还是生活、工作中，我们似乎总会对被我们拒绝的人心存愧疚："如果不是我的拒绝，他们应该会生活得很好或已经完成了某些重要的事情……"这种想法不断在我们的脑海中浮现，始终挥之不去。

从心理层面上分析，拒绝之后所产生的愧疚感，正是自己力求讨好他人的必然结果。因为你希望周围的人快乐，所以对他们提出的要求总是尽力满足。倘若满足不了，别人没有获得适当的满足情绪，那么你的愧疚感便会油然而生。

照这样的分析结果，你会发现，这种愧疚是多么可笑。因为你永远也不能满足所有人的需求，无论你多么尽力，总会有人感到不满。况且，即使你能够实现对方的某种愿望，也要为自己的幸福和快乐着想。因为，只有懂得爱自己，才有多余的能量去爱别人。

请记住，拒绝不等于亏欠！别人没有义务帮助你。同样的，你也没有义务一定要帮对方完成什么事情。你没有必要刻意讨好别人，更不必因为拒绝别人而感到亏欠对方什么。相反的，必要的拒绝，反而是替对方节省了时间，帮助他尽快找到正确的解决方法。

感情的事更是如此，一个人只有一颗心，精力也是有限的，如果自己不爱，或者当爱已成往事，要果断放弃。你要做的是拒绝身边的诱惑，唯有眼前人，才是你最应该珍惜的。

很多事是不能忍的，因为别人会不断挑战你的底线。某些时候你越是善解人意，别人就越不会在意你的痛苦和委屈。

你的善良，需要锋芒

说起助人为乐，我想起上个星期逛街时一个同事的言行举止，心里难免有些愤慨。于是我把这件事儿拿来跟好友荔枝倾诉。

我说："当时我们一起过马路，谁能料到马路上有个小坑。她穿着高跟鞋，一个不小心，鞋跟陷进坑里，一个趔趄，差点摔倒。她立刻大声朝我吼，'怎么不扶我一下？'"

"然后呢，后来你有没有跟她道歉？"荔枝问。

"当然没有，后来过了马路，她气呼呼的。我们再没有说什么，很快便各回各家了。"我说，"我觉得我没有义务跟她道歉吧。"

"你当然无须道歉，该道歉的人应该是你的这位同事。为何她遇到坑，自己不长眼睛，却偏偏怪别人不扶她。难道她还是三岁小孩子吗？"

她当然不是三岁小孩子。但是现实生活中，我真的遇到过很多这种爱发小孩子脾气的人。以前和我同住的一位室友，洗完澡绝对不会打扫浴室，做完饭也绝不收拾厨房。我提醒她好几次，她即刻噘嘴辩解："我和父母一起生活时，一直饭来张口衣来伸手。如今我每次回家，我妈总是把饭菜端到我嘴边。这些事情我真的是习惯了，根本想不起来去做。"

"什么事情都要习惯，你多做几次，慢慢就能想起来了。"我回复她，她笑笑，但是依旧不改。

听之任之吧，我又怕自己气炸了肺；装作看不见吧，我完全做不到。我把这些琐事也告诉了荔枝。后来，荔枝笑话我，说我简直好脾气。我说："人都会犯错，当然要原谅几次。如果换作是你，你会怎么办？"

荔枝笑一笑，说："不厌其烦，每次她洗完澡，就把拖把递到她手里，请她打扫干净。每次她做完饭，就把抹布递到她手里，请她把厨房擦干净。"

"非要这样做吗？"

"当然，和这样的人还需要留什么脸面吗？"

我摇一摇头，觉得自己无论如何也做不到。但是，我也佩服荔枝拒绝人的魄力。我记得她带我参加过一个聚会。因为她是摄影爱好者，朋友圈里有很多同道中人。

这些人聚在一起，自然谈的都是光与影、风景和色彩。但是，也有人好像不是特意为此而来。有位女士自从大家坐下来之后，就开始打量每个人。等谈话气氛稍微热烈一些，她立刻站起来，开始批评大家的穿着打扮。

每个人都被她批评得差不多了，她说："我想不到，一群说自己热爱摄影的人，审美居然这么差。连衣服鞋子都搭配不好，还谈什么色彩啊！"

荔枝说："我们是摄影聚会，并不是谈穿衣打扮的聚会。你既然不喜欢，完全可以离开这个聚会？"

这位女士看着荔枝，一脸不悦地说："我离不离开聚会，关你什么事？"

"那大家穿什么衣服，搭什么鞋子又关你什么事？你凭什么在这里指手画脚的？"

围观的群众纷纷站队荔枝。最终，那位女士寡不敌众，讪讪离开了。之后，聚会者中有人透露，这位女士其实是杂志编辑，她今天过来是为了寻找摄影师的。

"那为何先挑剔起大家的穿着品位来？"荔枝不解。

"因为这是她惯用的手段，她一向如此，这样才能够压低价格。"

原来是惯犯，只是这次遇到了对手。我问荔枝："你不怕她在圈子里封杀你？"

荔枝笑起来，说："她能封杀谁？真正能封杀别人的人，当然不会因为这点钱用这种小伎俩。分明是给不出好价钱，还不尊重别人！"

后来有人跟荔枝说，感谢她为他们出了一口恶气。原来，被这位编辑欺负过的人并不在少数。只是大家都为了混一口饭吃，没有人敢顶撞她。

我不免感慨，原来在成人的世界里，说一个"不"字是这样不容易。为了生活，面对身处高位者的刁难与挑剔，只能忍让，所以听凭人家使唤，任凭人家践踏，那个"不"字却迟迟说不出口。

然而，荔枝又摇摇头说："如今并不是这样。"

"怎么不是如此？一个人研究生毕业，老板给他月薪一万，让他站着死，他难道还敢坐着生？"

荔枝笑着说："前一阵子，我一个做设计的朋友面试新员工。谈完了月薪、假期、年假、加薪这些话题之后，应聘者问需不需要加班。这位朋友如实回答，有时客户临时要求更改某项设计时，加班是肯定的事情。那个应聘者又问如果加班薪水如何算。这位朋友顿时哑口无言，因为他以前的员工从来没有要求过这种事情。那个应聘者立刻义正词严，拿出劳动法，指出上面关于用工的种种规定。"

这位朋友事后感慨，今时不同往日，大家遇到不合理的事情都会即刻说"不"。

遇到挑战自己底线的事情，忍让一次叫气度，二次是宽容，三次就变成了软弱。很多事是不能忍的，因为别人会不断挑战你的底线。某些时候你越是"善解人意"，别人就越不会在意你的痛苦和委屈。

辑三

如何在这功利
的世界活得不委屈

每个人都被伤害过，
也会因为伤到自己不忍伤害的人而难过。
世间事，除了生死都是小事，别为难自己，
真的没人在乎你在深夜里哭泣。

每一次布施都是一次赌注，赌赢了便是积了我的德，赌输了便是造了他的业。

每一次布施都是一次赌注

前一阵子朋友圈里被一个叫"轻松筹"的筹资平台信息刷屏了。忍不住点进去看了一眼，天呐，我的大学同学。

了解后才发现大致情况是这样的：父亲发生严重车祸，在重症监护室每天花费巨大，大脑内还有瘀血，随时有生命危险，请大家捐钱帮助他。

这则消息有详尽的描述，家庭窘困的情况，父亲生命垂危，还有当事人作为孝子的一片拳拳之心。另附有医院证明、药费收据和一张伤情严重躺在病床上的父亲的照片。

我忽然想起上学期间的某个中午，去食堂吃饭的路上还和这个同学相遇，相视一笑呢。瞬间燃起我的一腔热血，不捐不转绝对不成。

这个筹资平台是透明的，随着筹资越积越多，没到一个星期便筹足了目标金额。我的心也稍感安慰，这下他的父亲应该有救了。

令我诧异的是，资金筹齐的一个星期后，我在鲜有人在的某支付平台的生活圈里，看见了这个同学晒最新款的苹果手机，并配文称：全款。

我瞬间懵了，于是下意识看了一眼我用的四角已掉漆的手机，心中不解：他的父亲不是生命垂危，家里穷得墙都漏风了吗？

随后，我从一个没转发也没捐款的朋友那里得知：他的父亲入院一周后就没什么大碍，从医院转移到家里静养了，再说车有保险，他父亲也有医疗险和意外险，需要自己承担的费用不过寥寥，并没有他说得那么严重。

我如梦初醒，原来我这五百元是给这位仁兄集资买苹果手机了。再想想我当时一副心有戚戚，感同身受的样子真是可笑！只能感叹一句，我这位同学的文笔真是不错。

我心中愤愤不平，却被朋友一句话点醒：他不过是个乞丐。

其实生活中，这种拿自己的自尊当众售卖的事屡见不鲜，总有一些人遇到些许困难，不是先想着如何解决，而是想着如何寻求帮助，甚至想到投机取巧并从中获利。

鲁迅说：不愿以最大的恶意揣测人心。而人心有时比想象中的更恶。别怪人心冷漠，人的善心已经快被一个个精心编织的圈套与陷阱消耗得所剩无几了。你的善良，反而成了有些人拿得住的软肋，利用它、辱没它、践踏它。

周末和许久未见的朋友相约游玩，回来的时候结伴去地铁站乘车。衣衫褴褛的女乞丐裹着污浊破毡，半跪半俯地坐在地下通道，怀中抱着头大身小的畸形儿，满是泥污的手掌不时地拍着怀中的孩子。仿佛一眼就能从她身上看出一个凄惨的故事，使人不得不抛下点钱，以示同情。第二天路过之时，孩子还是那个可怜的孩子，女人却换了模样。

乞丐是一种现象，它把贫穷和孱弱表面化了，让别人为他们自己的不幸买单，这何尝不是一种道德上的捆绑与榨取？

他们靠出卖尊严得到金钱，轻易地以头触地，早已习惯了这种生活手段。那种靠展示生理恶疾，压榨人们感官的乞讨，也是一种潜在的威胁和逼迫。

还是上学的时期，一个要好的男同学送我到车站，因为要扛大包小包的行李。

一个四十出头身强体健的男人直接朝我走过来，紧紧地拽住我的衣角，嘴里说着："给我点钱，可怜可怜我吧。"

我大惊失色，一心想要挣脱他，没想到他却猛地跪了下去，不住地磕头，手依然拽着我的衣角，不住地摇。我吓傻了，男同学也看呆了。待他反应过来后，扒开那个乞丐的手，将我护在身后。接着，他掏出十块钱，生气地说："你不能这样子！"

随后一边安抚我别怕，一边拉着我走开了。

那是我第一次看到一个身强体壮的中年男人，向一个陌生的年轻人跪地磕头，还强拉衣角不给钱不让走。简直匪夷所思。

大概是磕头比劳动更容易获得金钱吧，在别人累死累活为生计奔波的时候，他们只需靠出卖尊严，就能过上更好的生活。人都是有善心的，然而，善心过度就很容易助纣为虐，反而会成全一些人的不劳而获，滋养他们身上的毒瘤。

真正的布施使人向善，但在这个功利的世界被骗次数多了之后，我们已经分不清哪个是真、哪个是假了。于是，每每遇到那些沿途乞讨的人，还是会习惯性地摸摸自己口袋里有没有零钱。

每一次布施都是一次赌注，赌赢了便是积了我的德，赌输了便是造了他的业。

> 在最好的年纪，不敢偷懒，不敢堕落，不敢穷。唯有如此，才配得上自己的努力，不辜负所受的苦难，不辜负爱你的人，不辜负可以更优秀的自己。

牛肉面里还是要有肉的

接到闺密电话，她煞有介事地问我钱重要还是尊严重要。我脱口而出：当然是钱啊。于是，她挂了电话，转身就跟婆婆道歉去了。

原来她和婆婆发生了矛盾，可是她和她老公每个月领的那点工资少得可怜，实在不够她花的，家里的大部分花销全靠着公公经营的工厂赚的利润支撑。与婆婆撕破脸也意味着断了经济来源。她又不傻，谁会和钱过不去呢，于是她屁颠屁颠地去给婆婆赔礼道歉了。

你看，钱可真是个好东西，还能解决家庭矛盾。

前一段有一则新闻，说一个姑娘因为牛肉面里没有牛肉，哭了。她说，她哭的不是牛肉，而是这不是她想要的人生。总而言之，就是穷哭了。

什么时候我们开始觉得想要的太多，而得到的太少呢？答案是没钱的时候。是的，当我们蜗居在十几平方米的出租屋里，为了几块钱跟辛苦的卖菜师傅讨价还价，或是在下雨天挤不上公交车的时候，都会觉得很失败，于是便会从心底蓦然生出一种失落与忧伤。

易卜生在规劝追逐物质的人们时说过，金钱是很多事物的外壳，而不是内核。它能为你换来食物，而不是胃口；药物，而不是健康；泛泛之交，而不是肝胆相照的伙伴；顺服的仆人，而不是忠心的跟随者；享乐和消遣，而不是平静幸福。

拿着充满劳动汗水的钱，我们不会觉得庸俗羞耻，只会觉得心里踏实。是的，金钱是外壳，是媒介。但是生活中的一些小确幸都需要通过金钱来实现。我们并不是盲目拜金，我们爱的是自己辛苦赚的钱给我们带来的自由感、满足感和安全感。

很多人问我女人为什么要努力工作，拼命赚钱？在家里做一个相夫教子的贤妻良母，难道不好吗？

我想说的是因为安全感。只有经济独立的女人才更有安全感。我们拼命赚钱是为了有一天，有足够的时间做自己真正喜欢的事；为了有一套属于自己的房子，哪怕以后一直单身，或是和爱人吵架，都有家可归；为了在失去所有依靠后，让自己成为自己的后盾。

当一个衣着华丽的女人出现在你面前，甩给你十万块钱趾高气扬地请你离开你的男友时，你能酷酷地甩回一百万让她滚远一点。努力工作是为了在遇到心动的人时，有足够的底气说对他说，面包我有，你给我爱情就够了。

在最好的年纪，不敢偷懒，不敢堕落，不敢穷。唯有如此，才能配得上自己的努力，也不辜负所受的苦难，不辜负爱你的人，不辜负可以更优秀的自己。

一切向"钱"看，朝着你想要的生活前进，活成别人艳羡的模样吧。爱钱、努力赚钱并不需要觉得羞耻，那些鄙视金钱、自视清高的人，往往只是为自己的碌碌无为找的一个冠冕堂皇的借口。

> 做一个有温度的平凡人，喜悲形于色，不伤害别人，也不委屈自己。

你有多懂事，就有多委屈

小可是我故事中的人，她的故事有着我童年玩伴的身影。

小可七岁的时候父母离异了，她跟爸爸一起生活。一年之后爸爸再娶，继母年轻漂亮，还带来一个比她小一岁的弟弟，明明是自己家，她却常常有一种寄人篱下的感觉。小小年纪的她在这个家里生活得小心翼翼，生怕自己做错什么，惹得爸爸和继母讨厌自己，慢慢地，她就变成了一个不折不扣的懂事姑娘。

继母对她算不上好，也算不上坏。只是每到家里只剩一件玩具，一袋零食的时候，继母总会跟她讲姐姐要让着弟弟。

可能是受成长环境的影响，她从小就学会了察言观色，讨好别人，把自己珍爱的玩具让给只比自己小一岁的弟弟，有什么困难和需要从来不跟爸爸说，只一味地忍耐或者自己想办法解决。

每次继母收拾屋子的时候，她都会帮忙打下手，尽管还只有梳洗台那么高，她也总能把自己揽下的活儿做得有模有样。对人也总是谦虚有礼，脸上总是露着可人的甜笑。那么小，就知道用微笑来武装自己，算不算是一种悲哀？

远近邻舍的家长都拿小可做榜样："你看看小可，人家怎么那么懂事，从来不会哭闹着要这要那……"

因为懂事，所以为了达到成人世界的满意标准而牺牲自己在童年时期应有的放肆和任性的权力。这种懂事为小可带来了不少夸赞，可并没有让她感到快乐。

小可上了大学以后，不改本色，总是帮同学打水、签到、记笔记。几乎对所有人的要求都有求必应，有些同学甚至失恋都跑到小可身边寻求安慰。小可的好人缘可见一斑。

一次同学聚会时，有人打趣道："小可真是居家必备的贤妻良母，我妈做梦都想要这么个乖女儿呢！"也许是喝了些酒，借着酒精，小可听到这话，伪装起来的情绪有了宣泄的出口，她竟趴在桌子上呜呜地哭了起来，委屈得像个孩子。只听她抽噎着说："我才不想当什么乖女儿呢！"

她用自己的懂事和体贴换来了别人的肯定与温暖，以此来构建自己的安全堡垒。只有她知道，自己有多懂事，就有多委屈。只有她知道自己懂事的背后是深深的自卑感。感觉自己随时都有可能失去拥有的一切，不敢对抗，一直活得很谨慎，害怕自己哪点做错了。

我从不相信，一个懂事到从不敢麻烦别人的人，一个从不会向别人索求拥抱的人，一个在这个浩瀚世界单打独斗的人，能有多快乐。

幸运的是，小可遇到了一个超级爱她的男人磊，他是小可二十四小时的贴身护卫。电话秒接，短信秒回，随叫随到。

起初小可在这段爱情里也是唯唯诺诺、战战兢兢的。有一次，小可在严冬里的电影院门口等了磊半个小时，鹅毛般的大雪大朵大朵地散落在她的身上，暴露在空气里的鼻尖都冻红了。许久，磊急匆匆地赶到她面前。

小可却没有一点怒意，还把他的手捧在掌心里哈气，然后仰起头笑着对他说："电影已经开始了，咱们快进去吧。"

说完转身就要往影厅里走，磊一把将她拉进怀里，温柔地在她耳边说："你我之间，你不用活得这么辛苦，不用藏着委屈，给我一个哄你的机会，好不好？"

小可伏在他的肩头，泪水印湿了他的外套。

再懂事体贴的女人，如果真的爱，情绪必然会波动，会跟男人无理取闹，会跟他分享她心里那个小女孩的想法。

在磊的关心与引导下，小可不再像从前那么懂事了，竟也学会了用撒娇索要宠爱，让磊帮忙开瓶盖，帮忙搬东西。生气的时候，小可也会把头一偏，嘟起嘴来，表达不满。还会在磊使尽浑身解数百般讨好的时候，露出微笑。

小可那种出自真心的微笑，能够融化严冬里的霜雪。也许只有在最亲密的人面前，才能让一个人坦然地放下那些担心害怕，露出最幼稚天真的一面。每一个懂事的女人，心里都住着一个小女孩。如果你已经找到了那个心疼你的人，那么做一个偶尔撒撒娇的女人吧。

无论是小孩子还是成年人，太过于懂事总是叫人心疼，因为一个人的懂事里装载了太多输不起的心酸与顾虑。

做一个有温度的平凡人，喜悲形于色，不伤害别人，也不委屈自己。

我们当中的大多数人是听不了逆耳的忠言的，喝不了苦口的良药的，还姑且不论这逆耳的是不是忠言，苦口的是不是良药。

你那不叫真性情，叫情商低

我认识了一个不想认识的人，那个人是出了名的冷场王，我们姑且叫她"冷场小姐"吧。

父亲朋友的儿子考上了国内数一数二的高等学府，朋友是生意人，夫妻俩没什么文化，却有着一股子吃苦耐劳的韧劲，处事又周到和气，因此左右逢源，才把买卖一点点做起来，这几年生意逐渐步入正轨，也有了点小财，最大的希望就是孩子能多读点书，能够学业有成，光宗耀祖。

孩子也争气，荣登高榜。用父亲朋友的话说是天遂人愿，祖上积德了。自己欢喜得不行了，就打算找几个朋友一起热闹热闹，毕竟这么开心的事情不多。

朋友们自然也都十分赏脸，手上带着礼物，兜里揣着红包，脸上堆着笑容，见面把手相握，嘴里说着一句句的恭喜恭喜！一时之间宾客相宜，佳肴美馔，推杯换盏，笑语盈盈。酒至半酣，主人一脸微醺，端起酒杯，站了起来说："大家能在百忙之中抽出时间来为小儿道贺，不胜感激，希望各位好友不要拘束，尽情畅饮啊。"

主人平日待人真诚厚道，人缘一直不错。话音一落，大家纷纷表示有宾至如归的感觉，又恭维道贺："你家儿子真有出息，他日学业有成，定会大有作为。"

宾客尽欢之时，只听见冷场小姐在一旁用大家刚好能听见的音量说："中国的高等教育并不入流，进去了也就是学一身酸腐气。"

话一说完，全场仿佛能听见冰块龟裂露出仄长的细纹的声音。一向机敏的主人瞬间也尴尬得不知如何是好，还是孩子机灵，连忙打圆场："我爸是个实在人，叔叔阿姨们能过来给我贺喜，他高兴得都不知道怎么好了，学校好不好不是关键，怎么利用学校里的环境与资源才是关键。"

听他这么一说，大家纷纷称是。就这样一场尴尬才算过去。我心中充满好奇，向身边的人悄声打听这位冷场小姐是何方神圣，说话这么口无遮拦。经过一番询问才知道，这位冷场小姐是一颗人人皆知的定时冰弹，你知道她会爆炸，却始终心有戚戚，不知道她会在哪一秒爆炸。无论多么火热的场合，她都有本事在热闹之中扔一句扫兴的冷场话，让气氛瞬间降至冰点。可人家自己却不觉得有丝毫不妥，还自诩直白、坦率、真性情呢。

关于这位冷场小姐的事情，还有更冷的故事呢。

一个阳光正好的周末，与朋友相约去商场扫货，我们约定在王府井南门碰面。待我风风火火地赶到时才发现，与朋友并肩而立的正是这位冷场小姐。

我不想驳了朋友的面子，只好上前问好，接着我一个眼神递过去，朋友立马心领神会。只见朋友两手一摊，一脸无奈状。

一路上我们仨说说笑笑，你推我搡地游走在花花绿绿的服装店内，气氛倒也算和谐，可是我心里始终不敢松懈，总担心有不好的事发生。

在某家店内，我看上了一款墨绿色长裙，裙身摇摆，线条流畅，没有多余的装饰，更显得文艺高雅。

我满心欢喜地拿起来，站在镜子前合身比对，仿佛看到镜子里活脱脱一个仙女，顾盼生姿，很是得意。售货员适时地做了赞美和推荐，建议我去试衣间试一下，我正有此意。

这时冷场小姐冷不丁地开口了："这条裙子适合高一点、瘦一点的人穿，你就别试了。"

安然相处的一个上午就这么破碎了。我不服气地递给她一个不友好的白眼，直接拿着衣服进了试衣间，换了装出来，在镜子面前做作地转了个圈，一脸娇笑地问朋友好看吗，朋友很配合地夸赞好看，还说"不知道的还以为仙女下凡了呢"。我和朋友你一言我一语，丝毫不理会冷场小姐的冷脸，冷场小姐终于受不住冷落，接了个电话后声称有事就先走了。

自此之后，凡冷场小姐所在之处，我一律不到场。

听说后来有人善意提醒冷场小姐，希望她说话的方式可以委婉一些。冷场小姐坚称，她这个人就是说话直，不会弄一些阿谀奉承，也不会搞那些虚的假的。

是的，固执己见的人往往就像是用被子蒙上了头、棉花塞住了耳朵一样，哪里还听得见别人的话呢。

不光是这位冷场小姐，我们中有很多人都认为说话就应该真诚，就应该有话直说。仿佛在话中加了一点中听的修饰就是虚伪，就是阿谀，就是口蜜腹剑。这使好多人都走进了一个极端，说话尖冷、刻薄，专门在大庭广众之下说人短处，揭人伤疤，以博人关注，哗众取宠。把尊重、谨慎、修养当成虚伪，把粗鲁、无知、狭隘、视作真性情。

被你推入尴尬境地的倒霉人士表面上可能会不动声色，心里可能对你早已恶感满满了。如此做人行事自然会使亲朋疏远，最后也就只能做一个自以为直爽的孤家寡人了。

我们当中的大多数人是听不了逆耳的忠言的，喝不了苦口的良药的，还姑且不论这逆耳的是不是忠言，苦口的是不是良药。那些拿刺痛人心的话来标榜自己真性情的，无非就是想让大家认为自己是多么的与众不同。

> 不要再怨天尤人了，没有人有义务顺着你，帮着你，成全你。你只能依靠自己，自己成全自己。

面对苛责，要包容也要有理性

有一次看一档综艺节目，有一个艺人说：他好多年前借给一个朋友三千块钱，可那位朋友很久都没还，过了许久朋友打来电话说你再借我三千元，然后我把六千元一起还你。他借了，然后不久，朋友便失去了音讯。最终，六千块钱一去不返，他又是金牛座，对金钱有很深的执念。

于是，他对那六千块钱一直念念不忘，对欠钱不还的人更是深恶痛绝。

另一位艺人听不下去了，走到他面前，振振有词地对他说："人家能借到钱是人家的本事，凭什么还你！"

顿时，我被这醍醐灌顶的言论震惊得目瞪口呆。

人人平等不是今天才有的言论，如今重申这个言论，难道不是这个社会的悲哀？既然我们有着平等的权利，我就有立场保全自己，选择不帮助你。

一个闺密出身于书香门第，受家庭教育影响，极看重礼教，待人接物从来都是温文有礼，从不怠慢。不久前与相处三年的豪门男友风风光光地办完婚礼，晋升为豪门太太。

婚礼结束后便筹划着去欧洲进行为期一周的蜜月之旅，以延续婚礼的甜蜜。

消息一走漏，平时相熟不相熟的人都坐不住了，纷纷联系她，请她帮忙带护肤品、家用的各种各样的大件、小件东西，甚至还有人专门指明要去某个城市某个店铺采购。

她觉得好笑，一一礼貌地回绝，并根据他们的要求在微信上分享了信誉不错的代购商家。

亲友们自然识趣地不再提及，唯有一个高中女同学，很理直气壮地说："反正你也是去欧洲，就是帮我从德国顺带手的买个东西，没有什么不方便的。"

闺密很好脾气地解释："我不去德国。"

女同学说："欧洲的国家都离得很近的，你就去呗，还能看看德国风景呢。"

闺密再一次表示拒绝。

女同学依旧不依不饶："大家都是朋友，这点小事情都不帮，你也太不够意思了吧。"然后又开始描述自己平时上班有多辛苦，生活有多不如意。

闺密坚定不移地表示拒绝。

高中同学有些生气了，指责她不热情、不善良，没有人情味。活脱脱将自己说成了受害者，把闺密讲成了十恶不赦的坏人。

闺密把她拉黑了。她后来说："总有一些人变着花样地向你展示，大千世界，无奇不有。我这辈子就打算结一次婚，去欧洲是想和老公一起感受下卢瓦尔河谷的童话城堡，尝遍欧洲精致的甜品与小吃，我可不想自己变成代购人员，从而毁了我精心规划的蜜月旅行。"人情世故的事，既然无法照顾到所有人，就只能成全自己了。

我深表理解，驳回不符合情理的要求，难道不是最合情合理的事吗？

我在帮助别人这件事上一直秉持着两个原则，一是对方的真实需求高，人品好；二是不伤害或委屈自己。当然，同甘苦共患难的朋友要区别对待。

闲来无事逛贴吧，看到一个很有意思的帖子。

楼主带着宝宝去礼品店买东西，一时没照看好宝宝，宝宝碰碎了一个水晶球，被店员要求原价赔偿，她一看标价一千三百多元，直接就不乐意了，说宝宝太小不是故意的，而且这种易碎品应该摆放在安全的地方，不应该摆放在小孩子碰得到的地方。

　　店员很和气地解释，这个水晶球做工精致，是店里的主打商品，当然要摆放在显眼的地方。关于宝宝，看护的责任归家长，而不是店员。

　　楼主很生气，不能接受店员的说法，只在柜台上放了二百元，就不管不顾地抱着宝宝走了。最后，楼主请求网友围观评理，并发出疑问：世上为何有如此无理取闹之人？

　　从大家的评论中，我看到点赞最多的评论是：我要是能给你讲清楚，我的智商就下降到你的级别了。

　　看完这条评论，我不禁莞尔，我发现绝大多数人还是头脑清醒、三观正常的。

　　事实上，做人始终有一些话要谨记，比如，别人帮你那是情分，不帮你那是本分。没必要因为别人没有对你伸出援手而愤愤不平，因为那不过是别人在恪守本分罢了。

　　不要再怨天尤人了，没有人有义务顺着你、帮着你、成全你。你只能依靠自己，自己成全自己。

当你企图过上别人无比艳羡的生活，并为之努力的时候，他们就会在你耳边聒噪了：你坚持不下来，你会后悔的，这条路很苦、很难、很累的。这个时候我想说的是：听过就算了，继续走你的路吧！

你说吧，我内心强大着呢

总有一些自以为是的人喜欢对你的生活指手画脚。往往这个时候，碍于身份和情分，也不好意思对他们说狠话。

我刚刚入行那会儿，最敬佩的人就是文姐。文姐能周旋，还实干，实为女性精英中的精英。所以我经常找机会和她多交流，也希望自己能沾染点职场上如鱼得水的气息。

我从她身上学到的最重要的品质就是有主见。

她工作之中严肃沉稳，一丝不苟，善待新人，注重沟通，和同事的相处也都很融洽。适逢做战略性规划的时候，把控格局、坚守原则的人总是她，她总能做到排除外界的干扰，客观分析现状，不被眼前的既得利益牵着鼻子走，不因外界压力而改变初衷。

真正的女强人绝对是能在关键时刻决定命运的人，工作中不管遇到多大的事情，不论身边有多少出谋划策的人，有多少不同意见，决定权始终在自己手中，而且绝对不会人云亦云，没有自己的主见和规划。

这份气魄很难得，很可贵。

你在过年的时候有没有接受过七大姑八大姨的盘问？小时候问分数、问成绩；长大后问工作、问工资、问对象。而且，大多数时候，这种问带着比较的心理，让人很无语。

因为高贵的灵魂总是向内发掘的，而肤浅的却是向外张望的。

你报个培训班，他会说："你报什么班啊，既费时间又费金钱，在家自学更好，非要花那份冤枉钱。"

你出去旅个游，他会说："一碗破拉面有什么好吃的，日本的樱花有什么好看的，别去了，我们家后院就有。"

你去打个瘦脸针，他会说："身体发肤受之父母，你怎么能整容呢？你这是大不孝啊。"

你减肥呢，坚持每天两餐，在健身房里挥汗如雨，体重逐渐下减，已经小有成效。这时候有人跟你说："减什么肥啊，有点肉多好、多可爱啊。"千万不要听她的，她是嫉妒你有毅力，怕你变得更好看呢。

你努力学习，天天泡在自习室、图书馆里，每天看书做习题，连吃饭都觉得浪费时间，结果成绩一次比一次好。这时诱惑的声音就出来了："什么时候这么好学了，有什么好学的呀，走走走，出去玩吧。"

总有一种人，自甘堕落贪图安逸，自己活得不怎么样，也见不得别人好。通常来讲，弱者是最需要同类的。

更可怕的是，说风凉话的往往是你身边较熟悉的人。陌生人之间容易产生赞美，是因为他们离你远，他们能够平静地接受你的优点，甚至以此为榜样和前进的动力。

当那个他们熟悉的你，企图过上他们无比艳羡的生活的时候，他们就会在你耳边聒噪了。他们规劝你放弃，说你坚持不下来，你会后悔的，这条路很苦、很难、很累。这个时候我想说的是：听过就算了，继续走你的路吧！

这就是真相。所以，做人一定要有主见。别人称赞你、恭维你，你无比受用，感觉自己真厉害。别人警醒你、敲打你，你就心生怨怼，自暴自弃，感觉自己一无是处。这种把自己存在的价值建立在别人评价的基础之上的行为实在太幼稚、太愚蠢了。真正的聪明人不会在乎别人的眼光，对待外界的评价也总是宠辱不惊。

因此，面对他人的"好意"规劝，你当有这样的心境，那就是：你说吧，我听着呢，我内心强大着呢。

生活赋予你锋芒，请别让它失望

生活从来不会怜悯弱者，要想赢得尊重，赢得善意，就让自己学着强大，强大到无可替代。不要活在别人的嘴里，不要活在别人的眼里，而是把未来握在自己手里。

世上有可以挽回和不可挽回的事，而时间经过就是一种不可挽回的事。

年轻时，养肥你的梦想才是正经事

上学的时候，我是个十足的野孩子，整天只知道疯玩。别人以逃课为耻，我却以上课为耻。

那时候最看不上那些没日没夜泡图书馆的书呆子，我觉得自己志向高远，梦想是成为德艺双馨的大文豪，岂是尔等凡人所能观瞻的。看到那些努力学习的人总是心生不屑，现在想起自己当年的所作所为，可真傻到家了。

偏偏那时还有一群"志同道合"的朋友，每天聚在一起，打牌、上网、看韩剧，把学习搁置一边，消磨大好时光。我的最高纪录是一个星期都没有离开过床，除了上厕所。不是没有挣扎过，在打开电脑浏览几个网页之后就不知道该干什么的时候，而身体的惯性又神奇地把我带回了床上。

这样的生活模式日复一日地重复着。梦想离我越来越远，而我依然在虚度光阴。这种浑浑噩噩的状态一直持续到高二时，我交了一个学霸朋友，才有所改善。

最神奇的是，跟着学霸"混"了以后，我逐渐变成了自己最讨厌的那种人。也许我内心早已厌倦了堕落的生活方式，一直想要找一个改变的契机吧。

每天和学霸一起学习，每天早出晚归地泡在自习室，为了学习英语甚至做烂了几十套试题，尽管我对英语没有一丁点儿兴趣。跟着学霸去听学术讲座，在临近大考的时候通宵苦读。这些都是我从来没有过的尝试。

当我努力学习成绩终于排全班第二名的时候，当我反复修改的文章刊登发表的时候，我忽然觉得，有时候拼尽全力去做一件事，原来这么酣畅淋漓！

你对别人攻击、指责和抱怨，损失的是自己的大好时光。与其标榜梦想，不如脚踏实地地一步步去实践，这才是实现梦想的正途。

我们都是凡人，凡人都是有惰性的，而惰性就是把你带向堕落的帮凶。然后为自己的碌碌无为开罪，说什么随遇而安，平凡可贵。

平淡是真，简单是福。这话绝对是真理。如果有丰富人生阅历的人说出这番话，我肯定心悦诚服向他请教人生的经验和感悟，因为人生正是由简到繁、再由繁到简的过程。但如果风华正茂的年轻人说这句话，就该好好想想是不是自己太不思进取了。

高考前的最后冲刺阶段，大家都跟打了鸡血一样，每天披星戴月地学习，吃饭打水都行色匆匆，一周洗一次澡已经是洁癖的行为了，没有人会把时间浪费在这种事上。

我们当中也有一个例外，那就是同宿舍的同学楠楠。每天早上五点半，我们宿舍的姑娘都急匆匆地穿好衣服去上早自习时，楠楠却总是窝在自己温暖的被窝里，夸张地说："我的被子拽着我，不让我起床。"

每当我们挑灯夜读的时候，她已经早早地敷完面膜去会周公了。

她有时也自责，求我们监督她，可无论我们如何鞭策，她始终维持原状，从没有做出过任何改变。

这个世界上没有谁能够真正拯救你的生活，如果你想从生活的泥潭中挣脱出来，靠的也只能是自己。

这个世界是公平的，它承认每个人的努力，你付出了多少，就会得到多少。最终，我没有辜负每天起早贪黑三点一线的生活，终于如愿以偿地考进梦想中的学府，而楠楠的名落孙山也在意料之中。

我看身边的人，大多数都在为更好的生活而奔波忙碌。他们无不想完成鲤鱼跳龙门的华丽转身，热切追逐着社会地位之金字塔的顶层，妄图跟随成功者的脚步成为狂热时代下伟大的成功人士。与此同时，又叫苦不迭，百般抱怨，说梦想就像是远在天边的星宿，可望而不可即。

村上春树说：世上有可以挽回的和不可挽回的事，而时间经过就是一种不可挽回的事。也许，不负光阴就是最好的努力，也是实现梦想的唯一途径。为一件事竭尽全力的你，就是最好的自己。

> 拖延偷懒，是人的天性之一。大多数人都处在"温水煮青蛙"的温吞状态中，只有极少数不断挑战自我的人才是生活的强者。

底层的舒适，会永远地困住你

小叶最近找了很长时间的工作。终于有一个她自己还比较满意的公司约她面试。面试的老板问他："你的梦想是什么？"

小叶一脸认真地回答："我的梦想是不用工作。"

老板说："那你干吗来了？"

小叶说："我正在为实现梦想踏出第一步。"

我相信没有人愿意当工作狂，但是想要停下来享受生活的前提是要实现财务自由，而实现财务自由则可以称之为宏伟的梦想了。

现在的年轻人大多没什么危机感，对于所谓的职业规划大多不上心，对于具体描绘自己的未来蓝图极度缺乏想象力。

有些人对于工作的认识仅仅局限于生活的需要，安分守己，按时打卡、按时领工资、熬资历，而不是怀揣着梦想积极主动地创造价值。他们看上去每天都在工作，却每天都不在状态，无论工作多久，也总是当一天和尚撞一天钟的心态。

这种日子确实安逸舒适，时间上也相对自由，上班时候看看淘宝、偷偷懒，下班时候看看韩剧、逛逛街。不需要动脑子，只需要听从安排，轻轻松松地混日子就好。

但有些人对未来有明确的规划：工作头三年从事基础工作，如果自己够努力，公司发展得也足够快，希望任期结束后成为独当一面的项目经理；工作五年后希望更多地参与公司管理，或许自己能担任重要部门的负责人；工作十年后由于自己对公司的业务已经非常熟悉，也许能参与公司的战略规划，甚至有幸成为公司的合伙人。

上进的人会为了一个项目废寝忘食，他们的时间要么在项目上，要么在奔向项目的路上，连吃喝拉撒都嫌浪费时间。

这种步步为营的日子确实是不怎么舒服，会疲劳，会焦虑。但他们不甘平庸，他们把自己长期从事的职业不仅看作是谋生手段，更希望自己的能力有所提升，跟公司共同成长。

我第一次看到唐寅写的《桃花庵歌》的诗作，便被其自况、自谴及警示情怀所折服。

桃花坞里桃花庵，桃花庵下桃花仙。

桃花仙人种桃树，又摘桃花换酒钱。

酒醒只在花间坐，酒醉还来花下眠。

半醉半醒日复日，花开花落年复年。

但愿老死花酒间，不愿鞠躬车马前。

车尘马足富者趣，酒盏花枝贫者缘。

若将富贵比贫贱，一在平地一在天。

若将花酒比车马，他得驱驰我得闲。

别人笑我太疯癫，我笑他人看不穿。

不见五陵豪杰墓，无花无酒锄作田。

这首诗作，字字句句道出了我的心声。以前的我没有他的才情，却坚定不移地当了一把闲散人。现在的我虽然谈不上多勤奋、多努力，可好歹还是干了点正事。

"苹果之父"乔布斯曾在斯坦福大学分享过这样一段话："你在向前展望的时候不可能将这些片断串联起来；你只能在回顾的时候将点点滴滴串联起来。所以你必须相信这些片断会在你未来的某一天串联起来。你必须要相信某些东西：你的勇气、目的、生命、因缘。这样做从没让我的希望落空过，只是让我的生命更加地与众不同而已。"

大概我们努力生活的意义可能就在于此吧。年老回首往事的时候，能够不留憾恨地说："这世界，我来过。"

年轻的时候不拼一把，你都不知道自己有多优秀。那些更好的风景往往都在山顶上，你悠闲地站在山脚下观望，永远也欣赏不到山顶最美的风景。

到达顶峰的时候，你会发现沿途的疲累，体力不支时手脚并用的狼狈，都随着看到的广阔风景而化作云烟了。

因此，过来人总是会这样感叹，最害怕这一生碌碌无为，年轻人不要把"平凡最可贵"当作自甘堕落的借口。贪恋底层的舒适感，你将永远被困于底层。

也许你在过往的感情里没遇到过渣男，但是置身职场，谁还没遇见过几个小人。遇上这类小人，不要怂，要学会见招拆招。

在职场，谁没遇见过几个小人

上次安娜感冒，找同事琪儿帮忙完成自己余下的工作任务，琪儿自己手头上的工作虽然还有很多，但是看到安娜虚弱的样子还是答应了。

琪儿加班帮安娜完成她未做完的方案，结果安娜自己之前做的那部分出错了，也就是安娜提供的原始数据是错的。经理找到安娜，安娜推说是琪儿做的，结果经理不由分说就把琪儿劈头盖脸地训了一顿，要求她写书面检查，并重新检查这个方案，不允许再有任何失误。

挨完骂回到座位上的琪儿内心特别委屈。她工作上一向勤勤恳恳，从来没有出现过失误，没想到这一次被平时相处融洽的女同事摆了一道，替别人背了黑锅。

琪儿在朋友圈里说，小人千千万，职场占一半。无比辛酸地自嘲：我除了一身赘肉和一屁股贷款对我不离不弃之外，真的是一无所有了。

都说"君子易处，小人难防"，职场尤其如此。通常让我们感到愤怒和憋屈的，十有八九是因为遭遇小人。也许你在过往的感情里没遇到过渣男，但是置身职场，谁还没遇见过几个小人。遇上这类小人，不要逃避，要学会见招拆招。

职场第一类小人当属笑面伪君子。此等人道行最为高深，表面热络，内心阴险，两面三刀。平时与同事们称兄道弟拜把子，姐姐妹妹叫得亲切，关键时刻背后捅刀子。他们最擅长口蜜腹剑，为了满足自己的私欲，又或者要保护自己，只好嫁"祸"于人。

对于老板，背后一脸憎恶骂，当面赔笑脸，恨不得能跪拜。看他换脸的速度，你简直怀疑自己的视力，活儿是你干的，功劳全是他的。

对于这样的人，容忍只能给自己造成更大的伤害，抓住把柄，迎头一击，采用强硬的态度，就会促使小人退缩。如果发现这一举措失灵，要马上采取行动，不要给他回击的机会，及时向有关人员或明或暗地透露情况，使他难以立足。

职场第二类小人当属负能量传播者。我们在办公室常常能听到一些不和谐的声音"工资那么少，工作那么多""老板是他家亲戚吗？不提拔我，提拔他""物价又涨了，日子没法过了"等。

人生在世，不如意事十之八九。有些对前途悲观的人、谈话以我为主的人，往往将他们的不幸、苦恼和忧虑当作谈话的主题。他们不断地向身边人大诉苦水，接连地唉声叹气。他们的存在简直就是污染最严重的雾霾天，负能量爆棚。

对于这种人，我们要做的就是礼貌性远离，实在避无可避，就"嗯、啊、哦、喔"地简单应和两句。

职场第三类小人当属装模作样扮"好员工"者。你是不是也以为每周都加班，朋友圈全是成功学鸡汤文的人一定是积极上进的好员工？答案是未必。

工作时间聊天、逛淘宝、刷微博，　到饭点脚底跟踩了风火轮一样撤得比谁都快。上班懒散，下班勤快，本事不大，心机不少。总是能设计好陷阱让比自己优秀的竞争对手陷入困境，从而使竞争对手失去领导或同事们的信任。

面对这类人，你只需要假装去茶水间接水，路过这类人的背后说一句："哎哟，这都月底了，你还有闲钱网购呢？"

俗话说职场是一个浓缩了的小社会，自然形形色色的人都有，因此，想在职场混得如鱼得水确实是一件有挑战性的事，同样也要具备很深的功力。对待职场小人，不能一味地退缩，更不能因为顾及情面而被人欺负。

人在职场，一个人在做好自己的本职工作之余，遇到小人是难免的，这时候千万不要怂，用你的智慧和适度的善良去应对。这才是成熟人士应有的姿态。

我们常常会问，尽力和拼尽全力之间差了什么？执念。执念，是破釜沉舟、孤注一掷的决绝，是奋不顾身去努力的全情投入。

你从来没有拼尽全力过

你经历过最荒诞、堕落、萎靡的生活吗？

一群人在十几平方米的宿舍里，桌上摊着泡面盒子，双眼紧盯着电脑，专注地打网络游戏，或是拿着手机漫无目的地淘宝，把每个社交软件都刷到没有任何更新为止，却丝毫没有发觉天色已晚，心中已被虚幻填满，脸上却洋溢着肤浅的快乐，丝毫感觉不到生命在流逝。

我们早就忘了竭尽全力的感觉了吧，所以当我们重新燃起斗志的时候，习惯的惰性却在拖我们的后腿。

很多时候我们只是看起来很努力，自欺欺人地消耗时间，然后用时间的长度证明自己已经很努力了。

事实上，现在很多人的状态都是：每天都在熬夜，却只是拿着手机点了无数个赞；在图书馆坐了一天，书却只翻了几页，真的只是坐了一天；买了很多书回家，还做了详尽的阅读计划，结果只不过是发了个朋友圈；加班的时候认真加班，上班的时候认真偷懒；想要人鱼线、马甲线，每周都去健身房，却只是在偷瞄帅哥或是搭讪美女。

小白就是一个彻头彻尾的懒人，遵循"能躺着绝不坐着，能坐着绝不站着，凡事得过且过"的宗旨生活。懒惰久了动一下都像拼了老命似的。可是考研二战那一年，我几乎不认识他了。

他在学校附近租了间地下室，那里冬天没有暖气，也没有阳光，被子通常都是潮湿的，但他从来没想过拿出去晒晒太阳，因为不想浪费时间。他甚至有一次半个月都没有出过房间，吃喝拉撒都在那个狭小的房间里。他做过的习题、记过的笔记都堆在床上，睡醒了随手就能够到。因为湿气重，他身上长了很多红疹，最后发展到发高烧，他才勉为其难地吃了退烧药，并给过敏的皮肤涂上药膏。

有一次我路过他的住处，进去看了一眼就出来了，昏暗的灯光，杂乱的床铺，不流通的空气里夹杂着方便面和臭袜子味儿。

我问他，是什么让他变得这么废寝忘食的？他说第一次考研失利，他妈讥讽他说"他这样的孩子不是考研的料"。

于是他为了赌气和证明自己，拼尽了全力去准备考研。结果他如愿以偿了。

我们常常问自己，尽力和拼尽全力之间差了什么？执念。执念，是破釜沉舟、孤注一掷的决绝，是奋不顾身去努力的全情投入。

想要给父母最好的生活，保姆、私人医生、别墅、没有消费额度的信用卡；想要当作家，终日与诗词歌赋混在一起；想要有完美的身材，漂亮的脸蛋，和永远忠诚的爱人；想要去远方，带上爱人和支票，去看远山与深海；想学很多种语言，和不同国家的人谈笑风生。

可是我们大多数人都缺少行为，只幻想着这一切。想和做只有一步之遥，而这一步之遥能否到达，取决于我们有多想。

陆遥原本是一个理科生，在一家游戏公司规规矩矩地做程序员，可是公司出现财务危机，濒临倒闭。不得已公司裁掉了大部分员工，很不幸的是，陆遥就是其中之一。

再就业，没有那么容易。计算机行业待遇高、机遇少，如果是一个人，陆遥也不必那么担心了，只是家里还有没满月的可爱的儿子和没出月子的妻子。他们都眼巴巴地等着他那点工资呢。

半个月过去了，简历投出去了很多份，收到的反馈却寥寥无几。

阴差阳错地，他接到了一个面试网络编辑的机会，工资虽然没有之前的高，但是也能勉强糊口。

意外的是，他竟然通过了面试，他反而慌了。

写文章，微信排版，联络大号，制定投放策略，监测媒体动态，编写公关稿，他对这个新领域一无所知。为了充电，按时完成工作任务，第一个月他几乎没有一天睡眠超过五个小时。遇到不懂的就网上搜索，请教同事。

他甚至在短短一个月内通读了十本相关专业的书，好几次都是通宵学习到天亮。更神奇的是他竟然从这份全新的工作经历中生出了探索的乐趣。他在这个新的领域，用了两年的时间，做到了策划总监的位置。

我们只有不断提高自己、拼尽全力，才敢在任何时刻说出"我已拼尽了全力"。因为真的渴望就真的会拼搏到无能为力，坚持到感动自己！对于热爱的，可称之为梦想的，不疯魔，不成活。

> 这个社会是不公平的，不要抱怨，因为没有用，人总是在自我反省中进步的。

要么出众，要么出局

　　白露是个出身于良好家境的乖乖女，从小到大都属于大多数家长口中的"别人家的孩子"。然而乖巧听话的白露在毕业那一年却没有听从家里的安排，去做那一份稳定有保障的工作。

　　她凭借自己的努力和过硬的专业知识，成功挤进了一家全球五百强企业，但是更难的却在后面，她只有通过年底的考核才能真正留在公司。

她深知自己的短板，非名校毕业，又没有过硬的人脉，考核的淘汰率又那么高，因此自己除了勤勤恳恳工作，别无他法。

她说自己也曾经在夜深人静的办公室，因为饱受压力而默默哭泣。要是以前，她肯定会拿起电话跟父母和亲友诉苦，然后发个朋友圈诉说一下辛酸。

可是现在的她不会了，因为眼泪是最廉价的东西。如果哭有用的话，她甚至能在撒哈拉沙漠哭出一片绿洲。

现实摆在那里，要么通过考核拿到offer，做自己喜欢做的事。要么放弃机会直接出局，接受父母的安排。要么出众，要么出局，就这么简单。

最夸张的时候她三天只睡了三个小时，把咖啡当水喝，只为了做出一个令经理满意的方案。别人谈论是非的时候，她干活；别人谈娱乐八卦的时候，她干活；别人吃饭睡觉的时候，她干活。

当一个人足够尽力的时候，全世界都会为他让步。最终，和白露一同进公司的实习生有八个，公司只留下了两个人，白露是其中之一。

职场中没有人会因为你是女人而刻意保护你，唯有努力才能赢得自己想要的，当你足够优秀、足够出众的时候，你才能真正赢得尊严。

若你没有决心和能力做出众的那一个，也没有勇气做出局的那一个，那你只能这么尴尬地苟且着。

出众当然好，但是生活最令人无奈的地方就在于，你拼尽全力去做一件事，最终却不是你想要的结果。有一些命中注定的结果，从一开始就已经很让人无能为力了。

记得看过一篇文章，一个写作爱好者每天都要求自己完成5000字的习作，从小到大的手稿摞起来有一人高。他不停地向出版社投稿，然后不停地被全数退回。

出版社的编辑都看不下去了，给他回信称："你的作品实在不怎么样，不过我看你的钢笔字越写越好了，不然你换个方向试试。"然后这个人成了书法家。

相似类型的例子还有，鲁迅弃医从文，成了会治感冒的大文豪；张亮放下厨具走上T台，成了做饭最好吃的超模。

幸运的是，生活不是单行线，到了绝境的时候，要悬崖勒马，换个方向继续前行，这才是出局的意义。

其实出局并不是简单的放弃，而是为下一次出发积蓄更大的能量，为新的目标找准方向。如果我们总是跟在别人身后跑，我们将永远是追随者。如果换一个角度，结合自身的实际，挖掘自己的优势，闯出自己的特色，那么我们就是开拓者。

要么出众，要么出局。我们别无选择，唯有一搏。

我想不管是出众还是出局，笃定地知道自己想要什么，能够得到什么，应当如何做，怎样努力才是最重要的。

愿你，永远年轻，永远热泪盈眶。

人要有梦，梦要够疯

前些日子，好久不见的朋友W先生打来电话说："走，一起年轻一把吧。"原来，他弄了几张草莓音乐节的入场券，那天正好下雨，我说不如别去了。他说："那好，你可别后悔，你就接着在家躺着吧，接着用你的高科技颈椎枕治疗吧。"

听罢，我匆匆忙忙爬出被窝，穿好衣服，化好妆后跟W先生说十一点钟门口见。直到现在我都暗自庆幸，幸好当时我去了。

蒙蒙细雨也抵不住人们的热情，大家如期而至，正好渲染了音乐节的气氛。

崔健在舞台上，和他的战友一起并肩而立。他微俯下身，嘶哑着嗓子问台下的观众："你们还年轻吗？你们还有梦吗？"

拥簇在前排的大都是中年人，他们挥动着手臂，热泪盈眶地回应着："我们有梦！"

舞台上的人早已不再年轻，摄像机把他们脸上的沟壑纵横的纹路、稀疏的头发捕捉得一览无遗。历经的沧桑仿佛都刻在了他们脸上。

摇滚乐的震动冲击着人们的心脏，那些热情沸腾的岁月融到音乐里，一些人摇动着国旗，振臂挥舞。每个人都情绪激昂、呐喊、冲撞，像疯子一样。

这是对一个时代的怀念与致敬。就是那个用着红暖瓶，骑着二八大杠自行车，大街上流行鸭舌帽的年代。

唱到《一无所有》的时候，乐队忽然停下了，观众们瞬间也都安静下来，大屏幕上展现的是一个时代的印记，场内外寂静如旷野。

崔健坐在了舞台中间，聊天似的和台下的观众们说："你们知道吗？那时不让我们搞地下乐队，不让一群人扎堆，我们就租了地下室，在地下室里偷偷地排练。围观的人群站满了，没椅子坐，就蹲地上，一直站到了大街外……警察来抓人，叫我们都把手反背到头顶上，和犯人一样靠墙角蹲着。"

可是他们毫不畏惧，因为他们的眼睛里有梦！那是亮闪闪的、执拗的、有梦的眼神。

我很感谢 W 先生，在这样一个梦想都被谈到烂大街、都能成捆卖的年代，让我看到了梦想最初的样子。为了更好地活着，为了不侮蔑自己，决不可舍弃理想与梦想。

上学的时候认识一个校友，出生在木匠世家。在我们还在玩尿和泥巴的时候，人家就能用一把手工锯，一个刨子，出神入化地将一块木头疙瘩雕琢成结构简单又精致的小玩意。

好多年后，在一次聚会上再次见到他，多喝几杯酒，大家大谈梦想。有人问及他，他说："从小就在刨花、斧、锯、竹钉、木契之间，闻着木香长大。看着父亲打制家具，从没想到长大后的世界里，家具、装修会对人有副作用。那些呛人的钉枪、三夹板、大芯板简直就是对木制工艺的侮辱。"

他说他最大的梦想就是做以自己姓氏命名的木器品牌，只做自己喜欢的东西，不去迎合潮流。他要建立一个纯实木工艺的王国，自己做城堡的主人。

毕业后，很多同学都走在追名逐利的路上，不再记得自己曾经的梦想，迷失在各种欲望之中。唯有他，不忘初衷，一毕业就找到一帮志同道合的人一起学习交流，在郊区租了几间平房做工坊，努力创业去做纯实木工艺品。

无论市场需求和社会潮流怎么变，他们一直坚持并致力于对材料、工艺和设计的持续研究，并通过产品及文字表达独立的价值观念；只使用可持续性木材和不污染环境的涂料，追求物尽其用的设计和细致精湛的工艺；目标永远是为用户提供天然无害、性能完善、极具设计价值的高品质实木手工艺制品。

这一点执念成了事业的阻力。失败，尝试，再失败，再尝试。如此循环，不知经历了多少次。但他并没有向困难屈服，一直坚守自己的初衷。

如今，他已经拥有了多家属于自己的纯实木工艺手工制作坊，把纯实木手工业与现代生活完美结合，向梦想迈出了坚实的一步。

然而，我们大多数人都学会了在现实面前低头。我们还年轻，却已经学会操着怀旧与自嘲的口吻说："梦想啊，那已经是年少无知的旧事了。"

其实，人要有梦，梦要够疯，不然拿什么力量推着你继续前行呢？因此，我们要相信自己生来不是为了适应这个世界，而是为了改变这个世界的。在明知道有些时候必须低头，有些人必将失去，有些东西命中不能长久时，仍然不忘初心地努力奋斗，相信总会有一扇窗户等着你打开，然后有光照进来。

辑五

该动脑子
的时候别动感情

总有人利用你的善良，
总有人辜负你的付出，
总有人对你的在乎视若无睹。
在感情中，
太懂事的女人没有价值，
不要指望别人永远不会伤害你。

真正好的婚姻是两个人肩并肩奔跑，背对背依靠，面包一起挣，爱情彼此给。我养你，当悦耳的情话听听，听过就算了吧。

他说"我养你"，你真的信了吗

瑶瑶和她老公是大学同学，是校园里公认的模范情侣。经过三年热恋，一毕业两人就领了结婚证，摆酒席，宴请宾客，瑶瑶高调地把自己嫁了出去。

她老公在家人的安排下进了工作强度大、薪资却丰厚的外企，而她却在这个城市兜兜转转，工作找的颇不如意。

两人新婚燕尔，自然恩恩爱爱，她老公当即表示："你不用找工作了，我养你！我负责赚钱养家，你负责貌美如花。"瑶瑶听完心里暖暖的，暗喜自己嫁了个好男人。

很快，瑶瑶就怀孕了，正式在家安胎当起了全职太太。老公很是贴心，每天下班都给她带回最爱吃的水果，甚至连家务活都不让她做，怕她累着。每隔一天就请阿姨去家里打扫，瑶瑶也是乐得清闲，每天宅在家逛逛淘宝、刷刷微博，实在无聊就约上三五好友出去聊聊天、逛逛街。日子过得悠闲而自在。

生完孩子后，瑶瑶明显感觉老公对她的态度变差了，总是挑三拣四，不是今天菜咸了，就是屋子怎么收拾得不干净，常常指责她："我在外面工作应酬那么辛苦，你连家都收拾不好吗？"

瑶瑶一开始在心里替老公开脱："他只是太忙了，心情不好。"于是更加用心地收拾屋子、照顾孩子，面对几乎每天晚上都烂醉如泥的男人，从来不敢有怨言。

然而，这种情况并没有改观，老公反而更加肆无忌惮，后来甚至发展到彻夜不归。

终于，两人还是离了婚。瑶瑶与夫家争家产、争孩子的抚养权，搞得心力交瘁。瑶瑶暗暗后悔：当初怎么就瞎了眼、盲了心，信了他的鬼话呢。

"我养你"这句情话，说者动情，听者动心。但是，这句情话的时效性总是很短。

聪明的姑娘们，请一定不要被"我养你"这类情话迷失了自我、丧失了斗志，变成了可怜的婚姻寄生虫。你本可以做一个叱咤职场的姑娘，领自己赚的钱，看见心动的东西痛快地买买买，而不是攥着老公给的家用钱在橱窗外观望，然后恋恋不舍地赶赴菜市场。

当一个女人的经济来源需要向男人伸手的时候，也就是失去自我的表现。你信了他"我养你"的甜言蜜语，选择了暂时的安逸，也就选择了放弃独立的人格。多少姑娘都毁在这句话上，心甘情愿地做男人的附属品，成了爱情里最卑微的那个，往往到最后换来的也不过是一场婚姻里的背叛。

我第一次听到"我养你"这句话是在影视剧里。尹天仇，一个在片场跑龙套只为讨一份盒饭的男人，一个倾其所有，只为支付过夜费的男人。他一无所有，却希望能给自己心爱的女人安全感，希望她不再沉浮飘零，心疼她的孤苦无依，于是情不自禁地追出来喊："我养你啊"，承诺吹散，送远。

这句情话传到柳飘飘耳边，她头也没回，掐断手里的香烟，只留下一句"你先照顾好你自己吧，傻瓜"，绝尘而去。

柳飘飘在出租车里哭得像个傻瓜，我在电视机外哭得泪如雨下。那个时候我在想，谁要是能真心实意地对我说出这句话，我果断就嫁了。

而现在大多数女人都不怎么相信这句话了，并不是不相信真爱，至少当下那一刻，也许对方是真诚的。只是我们都过了耳听爱情的年纪。

另外奉劝各位男士们一句：千万别把"我养你"挂在嘴边，也别轻易地把这句话说出口，因为你不知道现在的姑娘养起来有多贵。

你真的不知道养一个自尊自爱的姑娘有多贵。你不知道她梳妆台上每一个大大小小的瓶瓶罐罐值多少钱；你不知道她们每一条或性感或纯情的裙子都是用多少银子买来的；你不知道她们举手投足间的优雅除了日积月累的学识与家庭教养外，更需要音乐、绘画、艺术的熏陶和形体艺术的塑造；你不知道姑娘们对自己身体的爱惜投入了多少心血。

亲爱的姑娘，学会疼爱自己吧，别把最大的赌注压在别人身上，那样就不会输得遍体鳞伤，也不会辜负自己。

婚姻从来都不是一个人奔波养家，另一个人坐享其成。真正好的婚姻是两个人肩并肩奔跑，背对背依靠，面包一起挣，爱情彼此给。我养你，当悦耳的情话听听，听过就算了吧。

张爱玲曾经说过"他不爱你的时候，你哭也是错，笑也是错，呼吸也是错，连卑微的死也是错。"奉劝天下的女人们，别傻了，投资男人不如投资自己。

太懂事的女人，没人把你当回事

这是一个悲伤的故事。

秀莲离婚了。我们都看过秀莲年轻时候的照片，身材高挑，长相清秀。

那一年，东海对她说，嫁给我吧，我会一辈子对你好的。尽管秀莲的父母极力反对，她还是义无反顾地跟东海在一起了。那时的婚房还是一间终日没有阳光的地下室。

结婚三年。两个人一起打拼，逐渐有了些积蓄，东海对她也很好，他们补办了一场婚礼，那个时候秀莲已经怀孕了，东海对秀莲的父母说："爸妈，你们放心把秀莲交给我吧，我一定会好好爱她的。"很快，他们的女儿出生了，健康可爱。

结婚五年。东海出了车祸，肇事司机逃逸了，住院费、医疗费全都由自己承担，秀莲找父母要的钱交的住院费和医疗费，每天不知疲倦地照顾、鼓励东海。一晃便是半年多，东海终于康复了。

结婚七年。东海去上海工作，只要一有时间他就飞回来看秀莲和女儿。如果他没有时间，秀莲和女儿就过去看他，秀莲戏称他们为中国航空事业做出了巨大的贡献。

结婚八年。东海对秀莲说他想创业，自己做老板。秀莲说："好，你创业吧，我做你的后盾。"这一年秀莲什么私活都揽，没日没夜地工作。东海心疼她说："秀莲你放心，我现在花你一分钱，将来定会百倍、千倍地还给你。"

结婚十年。东海成功了，他的事业蒸蒸日上，他们再也不用担心钱的问题了，他们的女儿上小学了，东海对秀莲说，以后他负责挣钱养家，她只做全职太太就行了。那一年，秀莲辞职了。

结婚十六年。他们房子、车子、金钱都有了，可东海变得更忙了，但每个节日他都会让秘书给秀莲送礼物。有一次秀莲戴着他送的表出去，朋友告诉她那块表价值五十万，她吓了一跳。

结婚十九年。秀莲陪女儿初中毕业旅行，她们去了巴黎、伦敦、东京，甚至横穿了整个非洲，她很快乐。东海仍旧很忙，但是每到一个地方，东海都会给她们打电话，她们也会给他寄明信片。

结婚二十年。秀莲发现了东海与别的女人的暧昧短信，查到了他们的开房记录，原来那个女人早在五年前就出现在他们的婚姻里了。秀莲只觉得好笑，那个当初信誓旦旦地说要一生对她好的男人早就有了别的女人。她去质问东海，东海没有否认。

这一年，他们离婚了，东海提出来的，分给她的财产很丰厚。秀莲后来苦笑着说，如果当初她把婚姻当成一场投资的话，那么她也不算输。

秀莲始终有点不甘心，控诉道："我辞了职，为了你带孩子、操持家务、照顾老人，你却在外面勾搭小三，你的良心呢？"

东海说："别说是为了我，你嫁给谁，都要带孩子、操持家务、照顾老人。"

秀莲一时语塞，不过她忽然觉悟了。

自己就是这个家的金牌保姆，伺候老人带孩子，做饭、洗衣、装修房子。男人在起步阶段，也许需要一个这样的女人，给他无微不至的关怀和照顾，但是，当他有更高的目标和追求的时候，他的需求就变化了——自己就从他的生活里出局了。

当初她一心想要保护这个家，全心全意的支持丈夫的事业，没想到丈夫步步高升的时候，她还待在原地。

可是凭什么要求女人一边赤膊打天下，一边洗手做羹汤呢？在这个过程中，还得温柔似水，优雅如花，给予男人身体和精神的安慰。归根结底，是自己爱错了人。

她一边为自己这些年付出的感情不值，一边头也不回地带着家产和孩子离开了。

脱离了婚姻的女人可以活成自怨自艾的小白菜，也可以脱胎换骨去追求自己的新生活。命运在红尘中兜转，生活于世俗里排演，面对那些不足为外人道的难，我们只能选择乐观。

痛定思痛，从阴影里走出来，女人无须把所有的期望都建立在一个人身上。失去了错的人，才能遇见对的人。勇敢一点，去投资自己，疼爱自己，女人要有自己的骄傲和尊严，要有说"一次不忠，终生不用"的资本和底气，别让生活的阴暗面埋没了你。

我们不必委曲求全，更不该把时间浪费在不值得去爱的人身上。成全别人，也放过自己，让过去的都过去。不要再纠缠一段除了恨再不剩其他的姻缘，给自己独立生活的勇气。

> 找一个愿意和你秀恩爱的人嫁了吧，让你们的爱散逸在每一个平凡的小日子里。世界如此之大，唯有他的怀抱才是你最安心的依靠。

找一个愿意和你秀恩爱的人嫁了吧

秦先生以前并不是喜欢秀恩爱的人。童童对此很介意。

每次童童看到朋友圈里恩爱情侣的合影，都会不满地跟秦先生抱怨："你从来没有在朋友圈里发过我的照片。"

秦先生耐心地解释："两个人相爱，自己知道就好了，干吗非要秀给别人看呢？"

童童撇撇嘴说："可是你不放我的照片，别人都不知道你是有老婆的，一想到外边的那些小妖精有可能勾引你，我就很没有安全感。"

第二天，童童就在朋友圈刷出来一条秦先生的动态，上面是一张她睡着时候的照片，眼睛闭着，睫毛长长的，并配文：我家夫人只有睡着的时候最乖。童童心中顿时升起一种莫可名状的情愫，像在寒冬时分盖了一条温暖的棉被，很温暖。

童童立刻打电话给他："你不是不喜欢秀恩爱吗？"秦先生说："如果一张照片就能给你安全感，发个朋友圈又有什么关系。"

只是，没想到的是，后来秦先生对秀恩爱这件事的热衷程度已经赶超童童了。

闲来无聊，童童给秦先生织了条围巾，针脚歪歪扭扭的。他拍照发到朋友圈，说是幸福的温度。

听说绿色植物能防辐射，童童买了一盆绿萝放在秦先生的电脑桌旁边，几天没浇水，叶子枯黄都快蔫巴了。他拍照到朋友圈，说是幸福的颜色。

童童看美食节目，心血来潮在家DIY德国培根松饼，烤得有点焦。秦先生拍照到朋友圈，说是幸福的味道。

外人看来，秀恩爱或许是小事。但当自己身处一段婚姻关系里，就会发现秀恩爱是调剂婚姻生活的一件很重要的事。秀恩爱是在柴米油盐酱醋茶的日常中加一点糖，让婚姻生活变得更甜蜜。秀恩爱更像是在宣布主权，看，这个人那么美，那么好，他为我所有。

一个男人连恩爱都不秀，还拿什么给女人安全感？一个喜欢秀恩爱的男人，多半是一个长情的男人。而一个长情的男人，人品肯定错不了。和他做起朋友来，也令人倍感舒适。

珍惜那个结了婚还愿意和你秀恩爱的人吧，他将你视作珍宝，独自占有，这种专横与霸道是婚姻里最好的调味剂。

有天刚写完一个剧本，我在家洗碗，妈妈站在旁边不时摆弄手指，见我无动于衷，她将手递至我眼前，问我："好看吧？"

我不解其意："什么好看不好看？"老妈指了指手上的戒指。我又瞟了一眼，心不在焉地说："好看。"

老妈心花怒放："你爸送的。"我翻了个白眼，心底很温暖。

是的，恩爱秀得好，不仅有利于增进夫妻之间的感情，而且还会感染周围的人，使得空气里都散逸着浓浓的爱意。

勇敢的人会相信，相爱的两个人会穿越人海，于千万人之中找到彼此，身相拥，唇相吻，手相牵，爱相守，从此不离不弃。他们对爱有信念，也有信心，相信属于自己的幸福不会走也不会丢。

找一个愿意和你秀恩爱的人结婚吧，让你们的爱散逸在每一个平凡的小日子里。世界之大，唯有他的怀抱才是你最安心的依靠。

有人调侃说遇到爱情的概率就像遇到鬼，爱情的成本很低，低到随时可以为爱人奉献身体和灵魂。但是婚姻不一样，除了精神付出，它还需要很多物质资源来支撑。

放弃不是不爱了，而是我懂了

霏雨问我爱情和面包，我选哪个。我说我都要，面包让人安心，爱情让人幸福。霏雨笑笑说："只能选一个的话，你选什么？"

我说："那就爱情吧，像我这种唯爱主义者，没有爱情活不了。"霏雨苦笑着说："没有面包才活不了呢。"

霏雨就是那个选了爱情的姑娘。大学时候，我、霏雨和小黑，我们三个人玩得最好。

那天霏雨去火车站接小黑。远远地望着小黑拖着行李，一脸笑意地向她走来，霏雨三步并作两步一把抢过她肩上微微泛旧的旅行包，另一手热情地挽着她的胳膊。

"霏雨，怎么样，去哪儿玩啊？"多年的好友使得两人已经习惯开门见山地说话了。

"去唱歌吧，通宵怎么样？"小黑歪着头说。

霏雨斜睨她一眼："我是无所谓，不过你还有力气疯，我佩服你。"

"那走啊，还等什么！"说话间小黑又毫不客气地把另一个鼓囊囊的黑色斜挎包挂在霏雨身上。

因为是周末，KTV的包间都满了，两人只能窝在沙发里等着叫号。两人相谈正欢之际，忽然他们面前出现了一张狭长而硬朗的脸，与小黑四目相对。小黑惊呼之后又一副恍然大悟的样子。她忙不迭地起身，脸上略带一丝惊喜地问道："风沙，你怎么在这里啊，就你一个人吗？"

风沙真诚地笑笑，回她道："还有小五、马老师他们，我们宿舍的都在。"话毕，风沙友好地对旁边的霏雨挥了挥手算是打招呼。霏雨报之一笑，心里腹诽：脸好长。

这时，一个个头不高，黑黑胖胖的男生摇摇摆摆地走过来，看到小黑后眼睛几乎放出光来。"小黑你怎么在这儿？"又用余光瞄了下霏雨，"就你们俩吗？两个人也耍不起来，不如咱们一起吧？"

小黑不置可否地看看霏雨。霏雨微耸双肩，双手向上摊开平举又很快放下，意为无所谓。

风沙他们的号排得更靠前，不一会儿便轮到了。由于都是年轻人，包间的气氛不一会就热闹起来了。大家自动分成两拨，一拨人就着啤酒尽情地纵情高歌，另一拨人掷骰子、打纸牌、玩真心话大冒险。

霏雨偎在打牌那一拨凑热闹。猝不及防的，原本喧闹的歌声被温暖干净的声线替代，霏雨像受了蛊惑一样偏过头寻声望去。只见风沙半倚在沙发里，一条腿工整地蜷着，另一条腿修长笔直，大大方方地斜放在过道中，眼神专注认真，风轻云淡地吟唱着张悬的《喜欢》。

霏雨不知不觉听得入了迷，待她回过神来的时候才发现自己竟下意识地收起了大大咧咧，流露出了女孩本有的矜持模样。因为一首歌，钟情一个人。

各自回去之后，小黑兴奋地跟霏雨说："风沙肯定是喜欢你，他一直跟我打听你，还想跟我要你的联系方式，你说我要不要给他？"

爱情最好的模样大概就是你喜欢的人正好也喜欢你吧。郎有情妾有意，风沙和霏雨两个人一拍即合，很快走到了一起。

转眼两年后，到了谈婚论嫁的时候，霏雨迟迟没有答应就是考虑到他家里的情况，婚礼的钱要自己出，买房子时风沙家里也帮不了什么忙，可是霏雨还是嫁了。

两个相爱的年轻人总觉得未来还有无限可能，日子虽苦但心里却甜。只是每到周末去商场逛街，霏雨看见喜欢的衣服或是饰品，总是克制着自己留恋的目光，不断地说服自己：其实这件衣服也不怎么好看。

直到霏雨意外怀孕，虽然两个人都是爱孩子的人，可是考虑到实际经济状况，两个人却养不起孩子。他们花光了所有的积蓄，打掉了自己的孩子。霏雨从手术室里出来，仿佛做了一场噩梦，双手捂住脸，抑制不住地号啕大哭起来。风沙静静地抱着她，什么也没有说。

两个人坐公交回家，车上人很多，没有座位，霏雨被风沙护在怀里。那段路有些颠簸，霏雨的小腹隐隐地疼着。直到支持不住，霏雨脸色苍白地跟风沙说："咱们打车吧，这车太颠了。"

风沙低下头反问："打了车还有钱吃饭吗？"

霏雨定定地看了他好久，然后摇了摇头。

然后，霏雨放弃了所谓的爱情。没有孩子，没有财产，两个人的婚离得痛快又干净。

有人调侃说遇到爱情的机遇就像遇到鬼，爱情的成本很低，低到随时可以为爱人奉献身体和灵魂，但是婚姻不一样，除了精神付出，他还需要很多物质资源来吃撑。

霏雨说："婚姻是难度最高的恋爱模式，必须边啃面包边谈它。"她对风沙的爱，就在他低头反问的那一瞬间，已经消亡殆尽了。

其实风沙也没有做错什么，对霏雨也很好，只是没有面包的婚姻，有太多不得已和隐痛，它就像一把隐形的茅，不动声色地刺痛彼此的心，并最终把爱情伤得面目全非。

与其做一株姿态柔软的牵牛花，我更愿意做一棵能与你并肩而立的橡树，栉
风沐雨两不弃。我有力量，将爱供养。

关于婚姻这件事，我一直"三观不正"

"婚姻不是两个人的事，而是两个家庭的事。"

不知道谁总结的这句话，好多人将其奉为婚姻箴言。

殊不知这种亲情牵连式伦理观正是滋长婆媳矛盾，破坏婚姻关系的
一颗毒瘤。

大钟和青青是一对北漂的小夫妻，两个人用积攒了六年的积蓄，在北京五环边上付了一个五十多平方米的房子的首付。房子虽然不大，但是家里的每一个小物件都是青青拉着大钟从各个市场里淘回来的，每一件家具用品都是奔波于各大商场中千挑万选搬回家的，所以他们对这个小家格外珍惜。两个人感情好，日子过得虽然清简，却也安逸快乐。

随着青青婆婆的到来，安逸的小日子被彻底打破了。虽然青青跟婆婆常因为年龄差距、三观不合而产生矛盾，但信奉着"婚姻是两个家庭的事"这一箴言，青青都一一忍让了。

矛盾日积月累，青青终于在内衣和衣服要不要分开洗的问题上，和婆婆起了争执。青青说内衣是贴身的衣物，要讲究干净，应该分开洗。婆婆说："我这么洗了一辈子也没见谁得皮肤病，再说我累死累活帮你们做家务，你还挑三拣四。"

青青终于忍无可忍，直接跟婆婆下最后通牒："您老人家要想留在这里，我给您找宾馆，您想住多久住多久，钱我出，我现在只想分开洗内衣，您也不必帮我们了。"

婆婆自然听出了青青的逐客之意，便搬走了。

婆婆搬走后，青青感慨自己做主打理一个家的感觉真好。她颇愤愤地对闺密说："我就是想在忙碌一周之后在周末睡到日上三竿，去他的早晨吧；就是想在吃腻了家常菜的时候和老公一起去烤串、吃小龙虾，去他的健康吧；就是想每星期花二百大洋买一束生机勃勃的鲜花装点自己温馨的小家，去他的浪费吧，我的家我自己做主！"

说"婚姻是两个家庭的事"的人多半是缺乏自主意识、缺乏独立人格、不敢承担责任的人。两个人既不敢做出自己的选择，更不敢承担选择后的责任，把自己的婚姻交给长辈打理或让长辈承担部分责任，本身就是人格缺失的表现。

婚姻的结合固然会牵涉两边的长辈，但是当别人越界插手了你的家庭，你连捍卫自己家庭主权和承担自己家庭责任的勇气都没有，那我只能劝你别结婚了。

"女人干得好不如嫁得好，婚姻才是女人一生的事业。"

多少姑娘被前辈们的这句谆谆教诲误导，把如花似玉的自己慢慢地修炼成了深居简出的持家保姆，把洗衣、做饭、带孩子当成了人生的至上信仰。

自从青青怀孕后，婆婆就主动请示要过来照顾她，青青联想到之前的不愉快，果断地婉言拒绝了。婆婆都拒绝了，青青自然也不好请自己妈妈过来。生了宝宝之后，照顾孩子的重任就交到了大钟和青青的身上，孩子夜里总是会哭闹，两个人约定轮班哄宝宝，白天大钟去上班，忙不过来的时候就请阿姨来照顾，劳累是免不了的，但两人初为人父母，都在辛苦之中找到不少对新生儿的热爱与满足之情，为这个甜蜜的负担不辞辛劳地付出着。一向信奉"君子远厨庖"的大钟也心甘心愿地围上围裙当上了"家庭煮夫"，他还推掉了周末的聚会，安心地待在家里照顾青青和孩子。

两个人度过了很多筋疲力尽的日子，耐心和毅力也经历了很多次考验。带孩子就像打仗，两个人在照顾孩子期间建立了一种革命友谊，互相体谅，互相心疼，感情却比以前更好了。

带孩子的责任好像自古以来就是由女人负责的，而男人似乎只要奔波事业，赚够孩子的奶粉钱和家里的开支就足够了，要是回家能再逗逗孩子，简直就是女人眼里的完美老公了。

如果女人都这么定义完美老公，那就别怪男人不珍惜你。把重活累活都往自己身上揽，还要时时自省，生怕招来男人"你怎么连个孩子都带不好"的责备。

孩子是爱的结晶，照顾孩子也是夫妻共同的责任，你换尿布，我喂奶，你下厨房，我洗菜。我们因为成为父母而别具勇气，能突破重围，挣脱桎梏。

一个是母亲，一个是父亲，两个人在孩子面前的角色是平等的，照顾孩子的责任自然也是平等的。在婚姻里，两个人要化身无坚不摧的战士，并肩作战，披荆斩棘。

"婚姻，是男女结合的一种保障制度，不是捆绑制度。"

多少人因为爱情走进婚姻，又有多少人在已经没有爱情的婚姻里苦苦挣扎，度日如年。

很多人之所以没有选择离婚，一是因为有感情基础在，想着还有回旋的余地；二是碍于长辈的压力，离婚的阻力太大。

当年女人着洁白婚纱，男人一身帅气西装，两人面含桃花，互挽手臂走在红毯上，在神和亲友面前宣誓：无论生老病死，贫穷富贵，一生相守，不离不弃。

如今很多婚姻中爱情的轨迹已经裂变，如坠悬崖谷底，与其苦守誓言，不如潇洒转身，和平放手，为往昔的温情留一点颜面，这何尝不是一种成全？

在很多人眼里"离婚是件丢脸的事，甚至是辱没家门的事。结了婚就得有始有终，相守到底。离婚就是半路逃脱的叛徒，是不道德的"。就是这种婚姻观让多少婚姻中的男女貌合神离，并将势同水火的夫妻困在围城中，焦虑凄苦，不知所终。

婚姻当然是庄严认真的，因为爱情，一个女人愿意将自己的身体使用权和灵魂归属权交给一个男人，然后达成协议，彼此忠诚。但这并不代表这个女人要将自己埋葬在婚姻里，在没有爱的围城里辗转反侧，痛不欲生。

婚姻的协议是公平的，若是因为不爱而选择了离开，也并没有罪不可赦可言，反而这才是对婚姻最大的尊重。

在婚姻里，与其做一株姿态柔软的牵牛花，我更愿意做一棵能与你并肩而立的橡树，栉风沐雨两不弃。我有力量，将我的爱供养。

在爱情里，每一个人都要有自己的爱情戒律和规则。要明白自己想要什么样的恋情？自己能接受的和不能接受的分别是什么？这些就是专属于自己的爱情规则，根据自己爱情的喜好、标准而设定。

任何时候都不要失去自我

朋友推荐一篇文章给我看，我打开一看，一篇文章赫然出现在我面前：

你的朋友圈里，是否有这样的姑娘，一旦有了男朋友，突然就像换了个人似的。单身的时候很有自己的原则和个性，交了男朋友之后就像智商也清零了，连喝什么水、吃什么饭都由男朋友来决定，对于闺密们的聚会更是严重缺席。

这难免招来大家的议论。当身边的朋友都在议论凌子的时候，我劝她们说："她正在热恋呢，热恋如发烧，脑子间歇性坏掉了。"不过，虽然嘴上这么说，我心里却有点儿替她担忧。

夏雪愤愤地说："关键是她那个男朋友是个渣男。"

我说："这话可不能乱说，后果很严重。"

我刚说完，夏雪就把手机递了过来，说："你看吧，有图有真相。"我看到照片上的画面，就说不出话了。

可是，对一个处于热恋中的人，当头浇一盆冷水，谁愿意做这种事情？大家商量了一下，还是没有人愿意唱这个黑脸。

我想了想，最终还是决定给凌子打一个电话，约她有空来我的工作室一趟。一周后的星期二下午，她来了。我停下手头的工作，给她冲了杯蓝山咖啡。

她坐下来，没有说话，我们就这样静静地坐了一会儿。

我看得出她有心事。我想，如果她愿意说一说她的心事，我也愿意等一等。只见她端起杯子，心不在焉地抿了一下，忽然感慨地说："有些苦，它原本就这么苦吗？"

我点点头，说："一直都是这个味道。"

她怔怔地看着那杯咖啡，眼睛湿润了。见状，我顿时心头一沉，不由地问她："出了什么事吗？"

她没说话，开始有点儿抽噎。我递给她一块儿朋友送来的新缝制的纯棉方巾。

大概过了十分钟，她咬咬嘴唇，看似鼓起了很大的勇气。"我结不了婚了，他有妻子。"凌子的眼神中透着迷惘。

原来，她早就怀疑对方是个有妇之夫，只是她自己不愿意相信，觉得对方足够爱自己，肯定能许她一个未来。就这样，凌子在一段爱情里逐渐失去了应有的原则和自我。

　　爱情戒律，才是保障一个女人幸福的关键所在。当然，戒律要在男人对你最有兴趣的"黄金时间"设定好，并且在这段时间反复练习，让他习惯了"你就是这样的女人，做什么能使你开心，做什么会踩到你的雷区"，这样才能事半功倍。千万不要到了男人对你兴致缺缺的时候，才回过头来哭着求男人"多为你着想一点"。

辑六

高情商，就是不
为别人的错误买单

对待朋友，宽容却不纵容；
对待感情，珍惜却不恃宠。
做个高情商的女子，有态度，有底线，
不为别人的错误买单！

> 孩子长大了，父母爱孩子的方式也需要改变。爱孩子，就要学会退出，洒脱
> 放手，让孩子自己去了解和体验这个世界，体会一切酸甜苦辣，悲欢离合。
> 痛快地去过属于他自己的人生。

有一种爱叫作放手

菲菲是个刚毕业的小姑娘，性格开朗，像个小太阳，很招人喜爱。

和很多刚离开校园的社会新人一样，物质上一贫如洗，精神上踌躇满志。当初在报考志愿的时候，菲菲力排众议，坚持选择了自己喜欢的设计专业，毕业后计划先找一家设计公司工作，然后再用自己对设计的

一腔热忱细细地打扮这个世界。

然而菲菲父母却不以为然地说："女孩子当什么设计师，不如考个教师资格证去当老师、考个公务员去印资料安稳自在。报志愿的时候就由着你的意思来的，这一次你必须听我们的。"她终究拗不过父母去考了公务员，在体制里干上了一眼望到底的工作。

她时常看到她的同学得意扬扬地在朋友圈里晒自己的设计作品，一边羡慕，一边又觉得朋友的作品远不如自己做得好。幸好还有心疼她的男朋友阿智一直劝慰她说，"设计当不了主业，也能当兴趣发展啊，我的菲菲才华横溢，没什么能掩盖她的万丈锋芒。"

菲菲和阿智感情很稳定，甚至已经发展到了见双方父母的阶段。阿智的父母倒是没什么意见，只是菲菲的父母一听说男方家在外地，收入又不稳定，当即表示反对。

尽管菲菲反复强调阿智以后可以来菲菲家这边发展，而且他刚刚毕业一年，事业还不稳定，不能这么早就下定论。父母听到宝贝女儿句句维护阿智，心里更是生气，于是就更加坚定地反对这段恋情了。父母甚至威胁菲菲："我们养你这么大，你怎么就这么不听话，为了一个相处不到两年的男人，竟然违逆我们的意思，你这就是不孝。你要是执意不听我们的话，就再也别进家门了。"

尽管阿智苦苦哀求，尽管自己也心如刀割，最终菲菲还是无奈地提出了分手，并且过上了父母"为她好"的生活。自此菲菲变得郁郁寡欢，食不知味，夜不安眠，脸上也少有笑容了。看着菲菲如此憔悴，父母也心疼不已，才对阿智的事松了口。好在结局还不算太坏，没有造成悲剧。

每一个被父母安排人生的人都是可怜的。很多时候，对于父母的安排，子女大多不忍拒绝。于是背着孝义的重负越走越慢，越走越不快乐。

在大多数中国父母的眼里，孩子始终是孩子，不论他是否已成年。在孩子已经有了独立生活与思维能力的时候，很多父母依然不能接受孩子与自己意见不一致，常常以爱之名绑架孩子的生活。

其实，有些父母并没有想象中的那么好，他们允许自己浑浑噩噩地过一生，却一直以很苛刻的标准逼着自己的孩子上进，用他们的欲望压抑子女的理想。或许是由于他们自己的生活过于单调，于是千方百计地想要从子女的生活中寻求一点乐趣和温暖吧。

很多父母都忘了，对孩子真正的爱，是尊重，是信任，是在孩子展望天空的时候，给他自由。

所以，年轻的朋友们，无论是谁，想以爱之名干涉你生活的，你都要学会独立选择和取舍。你要知道，他们的这种做法并不是真的爱你，只是控制欲作祟。而你的幸福，只有自己可以掌控，其他人谁也代替不了。

两年前，陈阿姨的儿子结婚，陈阿姨夫妇物色好一个楼盘，精挑细选了一套房子作为儿子的婚房，随后就急匆匆地出售住了三十年多的老房子，搬到了离儿子住的地方比较近的一个小区居住。

陈阿姨三十几岁才有的儿子，又是独子，因此，她从小到大把儿子的生活照料得无微不至。上大学时，她儿子都是半个月回一趟家，并打包一大兜脏衣服。

如今，儿子结婚了，陈阿姨自然而然地就承担起照顾儿子和儿媳两个人生活起居的责任。每天早上晨练完以后就去儿子家帮着做早餐，儿子和儿媳去上班，她就在家里帮忙打扫卫生，洗衣服。在他们下班之前做好饭，一直到他们吃完饭再帮他们洗过碗之后才回家。

陈阿姨每天如此，并且乐此不疲。直到有一天，当她拎着买好的新鲜蔬菜和水果走到儿子家门口时，门虚掩着，她听见儿媳对儿子发火：

"谁没有拖延症，洗完澡，内衣扔在脏衣篮里，第二天早上一定被你妈给洗了。看着晒衣杆上的内裤和胸罩，我却感受不到一丝感激和快乐，只有隐私被窥视的尴尬。

说完，她停顿了一下又开始抱怨："你看你妈把你惯的，每天下班回到家就大爷似的往沙发上一躺，臭袜子往地上一扔，什么都不干，东西不收、垃圾不倒，就差没把饭喂你嘴里了，你简直一点生活自理能力都没有。"

听到这番话陈阿姨心里一阵委屈，却从门缝隙里看见儿子一脸讨好。儿媳接着说："你说你妈就不能去旅旅游，跳跳舞，过过自己的生活，为什么非要插手咱们的生活呢？"儿子只是摇着儿媳的手臂，谄媚地解释："她不是我妈吗，我又能怎样呢？"

家长委屈，孩子也委屈。其实，亲子关系不是一种恒久的占有，而是生命中一场深厚的缘分。为人父母的理想状态就是，既不能使孩子感到童年贫瘠，又不能让孩子觉得成年窒息。

事实上，人与人之间都存在一个距离，一个界限，包括父母与子女。一旦一方越界，对方就会产生个人空间受到威胁的恐惧感。

　　孝敬父母，不再让他们受一点生活需求上的压迫，是每一个懂事的成年人的共识。孩子长大了，父母爱孩子的方式也需要改变。爱孩子，就要学会退出，洒脱放手，让他自己去了解和体验这个世界，去体会一切酸甜苦辣，悲欢离合。痛快地去过属于他自己的人生。

> 他们用前半生帮你筹备物资，准备行囊，送你远行，还潇洒挥手说："走吧，不必回头。"

所谓岁月静好，不过是有人替你负重前行

我大学时同宿舍的一个姑娘，她的生活品质要比当时的我们好很多。在大家一下课就蜂拥着去食堂排队，只为一碗限量提供的免费紫菜汤的时候，人家优雅地去小食堂开小灶。甚至连宿舍的床垫，都买的是席梦思。和她一起出去逛街，她总会拉着我去人气很高、价格也很昂贵的餐厅就餐。

她的朋友圈里，经常是一张坐在星巴克里的自拍照片，配文道：一杯咖啡，一本书，我陶醉在阳光里，只愿岁月静好……

小琴她们私下猜测，我们这位室友的家境一定很好，不是开矿的就是开银行的，不是我等凡夫俗子所能企及的。

直到有一天，一对夫妇提着蛇皮袋，拖着破旧的行李箱，敲开我们宿舍的门时，这位室友如梦惊醒般地从座位上站起来，神色慌张地把他们拉了出去，不远处，听见这位室友略带懊恼嫌恶的语气说："不是说不让你们过来吗？你们怎么还是过来了？"

那个皮肤黝黑的男人操着一口浓重的乡音说："你不是说要报钢琴培训班，报培训班那么多钱，托人捎给你总是不放心，就直接给你带过来了。想着快半年没见着你了，我跟你妈过来看看你，顺便给你带一点家里晒好的腊肉，也分给你同学一点。"

一宿舍的人面面相觑，从没听说这位室友报过什么钢琴培训班。

那个中年女人说："囡囡，你在学校不要舍不得花钱，爸妈虽然没钱，可也不能苦了你，缺钱花就跟家里说啊！"

这位室友一脸不耐烦地说："行了行了，知道了，走吧，你们不用过来了，还有一个月就放假了，我就回家了。"

真相揭开的那一刻，大家都有些难堪。至此，大家才知道这个姑娘并非生在有钱的人家，父母务农，靠加上做一点小生意挣点生活费。家里本有一个男孩，却在三岁时夭折了，所以对这个唯一的女儿格外疼惜，从小娇惯。

听着大家感叹父母不易，我不禁想起自己青春年少时。那时，我不曾懂得自己那些快意活法，都是来自父母的躬身托起。我吟诵海子的诗，做萧红的粉丝，不时学学鲁迅的愤世嫉俗，唯独没想过父母的辛苦和劳累。

青春年少时，你活得光鲜亮丽、你过得潇洒率性，却看不见在你身后默默供养着你的父母，为了让你过上更好的生活，父母甚至在向这个世界低声下气。他们用全部的力气托举着你，只为让你看到更高、更远的世界。

他们用前半生帮你筹备物资，准备行囊，送你远行，还潇洒挥手说："走吧，不必回头。"父母肩上扛了太多本不属于他们的责任，沉甸甸地艰难向前，而身为子女的我们却还以为那是天经地义，肆意地享受生活，甚至把父母的养老金都奉献给了诗和远方。

其实，哪有人会被命运格外眷顾。如果一个人对你好，你应该学会感激，而不是理所应当地承受，哪怕那个人是你的父母。如果你活得格外轻松顺遂，一定是有人替你承担了本该你承担的重量。

替你负重前行的人，是这个世界上最爱你的人，他们怕你辛苦，就尽可能多地把重量放在自己肩上帮你扛，让你可以轻松地生活下去。

孩子是无知的，所以父母要培养他的是非观。用你的言行举止，用你的潜移默化，用一点一滴积累的礼仪教养，滋养孩子成为永远向阳的太阳花。

教养体现在点滴生活里

有一次，跟同事去逛街，看到了令人哭笑不得的一幕。商场里好像在搞儿童用品促销活动，在过道中间搭置了一个大型的游乐气垫床，好多孩子在里面玩，很热闹。

突然，一个二十几岁的年轻女子正气急败坏地想要冲进气垫床里，大声地叫嚣着"小捣蛋鬼，你给我出来，我今天非要打你一顿不可"，却始终被另一个年轻姑娘和周围的人拉着。

年轻女孩一边挣脱着，一边向气垫床里的小男孩喊："小坏蛋，这么小就不学好，看我怎么收拾你！"

出于好奇，我探头往里一看，只见一个带着潮牌帽子，身穿卡通服的小男孩正嬉皮笑脸地向那个姑娘扮鬼脸呢。只见他一边跑一边笑着喊："打不着！打不着！气死你！"围观的大多是成年人，他们战线统一地低絮着："跟一个孩子犯得着嘛！"

姑娘始终不依不饶，却挣脱不开大家的拦阻，突然她情绪激动带着哭腔说："你们都欺负我，你们看我年纪大，就都欺负我。"

姑娘略带喜感的控诉，却也直指问题的关键。待我了解事情的真相后，我忽然有点同情这个姑娘。

真是失了年龄优势就失了人心啊。不知道从什么时候起，年纪小，成了为孩子犯错后开脱的最好借口。连围观群众也都口径一致地站在孩子这边，美其名曰：他还小。

当然小孩子犯错是不可避免的，作为家长，你的责任是教会他如何认识错误，改正错误，避免错误，而不是一味袒护，帮孩子逃避责任。很多人说，孩子长大了自然就懂事了。殊不知长大只是个时间概念，孩子都会长大，但是如果没有正确的指导和引领，孩子永远不会走向真正的成熟。

我能够理解一部分父母对孩子的一片心，孩子是你的身上肉，孩子是你的心头血，这一生你都想把他培植在温室里，爱他护他，不让他受一丁点儿风吹、日晒和雨打。但是，毫无原则、不讲方法地一味宠溺，很可能将原本属于社会的栋梁之材养成祸害社会的毒瘤。

教养教养，要先教后养。为人父母的首要任务，就是身体力行地帮孩子跟身边的万事万物建立起联系，有了联系，才会有感情，才能感知温柔和善良。

记得有一次跟表姐在电梯里，一个小男孩直愣愣地盯着表姐看了好久，忽然走上前用软儒的声音跟表姐说："阿姨，你的妆画得真吓人！"她妈妈强忍住笑意，跟表姐道歉："不好意思，小孩子不会讲话，想什么就说什么了。"

我心下暗想糟了，我这表姐可是硬茬儿，上学期间就是个厉害角色，真心不是好惹的主。

没想到表姐竟然好脾气地笑笑，表示理解地说："没关系。"然后，俯下身去看着小男孩，认真地说："小朋友，阿姨觉得这可能不是你的心里话，阿姨觉得自己今天很好看呢。阿姨要去拍电视了，给我加油吧！"

谁家孩子都会犯错，但是孩子原则性的错误不能姑息，更不能一带而过。每一个可以推敲的生活事故，都是孩子最好的教育结点。父母不教育，总有一天你的孩子会被社会教育，那便是真正的头破血流。父母给孩子最好的爱，是在社会的鞭笞降临到孩子身上之前，教他懂得规则、责任与善良。

孩子是无知的，所以父母要培养他的是非观。为人父母用你的言行举止，用你的潜移默化，用一点一滴积累的礼仪教养，滋养孩子成为永远向阳的太阳花。

这才是该给孩子的最好的教养。

> 一个孩子的行为背后是一个家庭的缩影，一个优秀知礼的孩子背后一定有一对通情达理的父母，一个问题孩子的原生家庭也一定存在各种各样的问题。

孩子的行为隐藏着父母的修养

有时候，大人们喜欢用"孩子不懂事"来抹去原本属于家长的责任与过错。

孩子不懂事，很大程度上意味着大人也不懂事。孩子不懂事的行为背后是家长对孩子错行的纵容与包庇，甚至是认同。家长大多都是以欣赏的眼光看待自己的孩子，甚至宠溺成性，以至于很多错误的教育方法由此形成。

新来的助理阿莱有一次去逛街，正在试衣间里试衣服。当她刚脱下裤子时，倏地一下帘子被拉开了，阿莱心惊之余，看到一个小男孩一边咯咯地坏笑，一边跑开了。阿莱说，还好没有男性，不然一个如花似玉的大姑娘，这样猝不及防地把不完美的身材暴露在公众面前，心里不免羞愤。

阿莱穿好衣服，有些不满地说："谁家的孩子，这么淘气啊！"孩子的妈妈，一位很年轻的女性，理正气壮并语气不善地回了一句："小孩子不懂事嘛！"

前几天看新闻，有一个姑娘在地铁站台边等地铁边吃炸鸡排，旁边站着一对母子。

冬天炸鸡排的香气确实很诱人，小男孩注意到了吃炸鸡排的姑娘后，伸出手，指着姑娘嚷道："妈妈，我要吃鸡排！"孩子的妈妈半开玩笑地说："你自己去跟姐姐要。"于是小男孩侧过头跟姑娘说："我要吃鸡排！"姑娘听到后没有理会，继续气定神闲地吃着鸡排。

孩子的妈妈有点尴尬，暗自嘀咕"什么人啊"，然后不停地安抚被拒绝后闹着要吃鸡排的孩子。

不一会儿，地铁快到站的时候，小男孩突然挣脱妈妈的手，跑到姑娘身后，使劲地向前推了她一把，姑娘脚下一个趔趄，还好在掉下站台的前一秒被站在她两侧的乘客眼疾手快地拉了回来。

在场的行人全都心惊肉跳，姑娘更是被吓得脸色苍白。当然，孩子的妈妈也大惊失色，但她没有上前安抚那位姑娘，也没有责骂孩子，而是趁地铁到站之际，抓着小男孩赶紧挤上了地铁，顿时隐没在车厢的人群中……

小男孩的行为真是让人细思极恐，一句"孩子不懂事"已经不足以为孩子恶劣的行为做辩解了。他的母亲在孩子犯下性质如此恶劣的错误时，都没有及时进行纠正，很难想象他长大以后会如何。

并不是所有人都有义务去体谅孩子的任何过失，家长更没有资格扔出一句"他只是个孩子，你那么大个人，别跟小孩子计较"的话来"绑架"他人。家长与其去求得别人原谅，不如先教育好自己的孩子，别让孩子的不良行为成为他人的麻烦和社会的负担。

一个孩子行为的背后是一个家庭的缩影，一个优秀知礼的孩子背后一定有一对通情达理的父母，一个问题孩子的原生家庭也一定存在各种各样的问题。

孩子不懂事的背后是家长的不懂事，孩子失当小行为的背后是不容小觑的家庭教育的大问题。

前阵子看到一则让人深思的新闻，讲一个小男孩和打工的父母一起进城。父亲对他说，你是乡下孩子，凡事要忍耐，能忍的忍，不能忍的也要忍。男孩点头，照父亲的话去做了。后来有个男同学发现他好欺负，打不还手骂不还口，就上瘾了，对他百般羞辱，还让他每天帮他写作业，写不完要打，写错了还要打。其他同学看不过去，让他像个男子汉一样还手，他记着父亲的话，不敢，于是大家开始看不起他。再后来，这个男孩自杀了。被一个没有他高、没有他学习好、真正打起来根本不是他对手的男同学逼死了。因为他实在赶不完两份作业，也永远不想再赶两份作业。

这个社会需要的是该发脾气才发脾气、该发脾气时敢发脾气的、勇敢而正直的人。发脾气不意味着你很糟糕，就看你发在什么地方、怎么"发"。所以，人生在世一定要有点脾气，就像经历寒冬的树一定要发芽，就像沐浴春风的丁香一定要开花。

伤害之后的"对不起"是最苍白无力的补偿，就像蓄满力量的拳头打在棉花上一样，那些失落与嗟叹，都成了无济于事的笑谈。

那些为前任失的眠流的泪

余小姐是个情场高手，俘获男人无数。气质干净优雅，穿着永远时尚又得体，举手投足间散发着女人味。在高中的时候，她爱上了她的同学。对方是个看上去很斯文儒雅，家里条件还不错的小少爷。

两个人一开始爱得死去活来，但最后那个小少爷为了一个低年级的学妹把她甩了。她伤心欲绝。时隔数年，小少爷和那个学妹分了很久以后，还写了一篇文章回忆学妹，内容无非是我一生最爱的女人就是这学妹云云，自从遇到她我才知道什么才叫真爱等。余小姐听说后那个气呀，找我发了一通牢骚。我就问她："你后悔吗？"她决绝："虽然愤怒，但我付出了我所有的真心，愿赌服输，没什么好后悔的。"

这是我最喜欢她的地方，无论是感情还是做事，都干净利落，从不拖泥带水。我不后悔爱你，尽管现如今你在我的眼里就是个过客。

有位网友来信求助，这位网友是一个小伙子，他说自己后悔了，因为他早已分手的前女友，如今已然一副女神模样，妆容精致，身材曼妙。

于是小伙子想起往日种种温情，重新对前女友展开了追求，势如烈火，可是前女友对他总是爱搭不理的，一直冷落他，却不拉黑他。

其实，前女友这么做无非是在告诉这个小伙子：人家只是想用涅槃重生的蜕变告诉你"承受得了我的坏，才配拥有我的好"。

前任为什么后悔，如果是因为时过境迁他还记得你的单纯美好，那你只能惋惜没有在对的时候遇见对的人。如果他后悔只是因为你变漂亮了，待遇好了，过上了高品质的生活，那他不过还是那个肤浅得不值得再爱的人，你也有必要面壁反思当年的审美以免重蹈覆辙，告诫自己以后选男人一定得长点儿心。

前一阵回家，表妹正好来看我，晚上我俩盖着一床被子聊起了天。提到她男朋友，不，是前男友，她蒙住被子无声地哭了。等情绪安定下来，她说："我恐怕再也遇不到对我这么好的人了。"

我见过表妹在朋友圈里发的两人的合照，那个男人个子很高，阳光帅气，照片里有表妹各种搞怪扮相，而旁边的男人总是一脸宠溺和温柔地望着她。

她说："我还爱他，一直爱他。"他一直把表妹宠得像个公主一样，记得她的生理期，每到生理期他都会给表妹煮红糖水，提前买好卫生巾和巧克力。

每次去超市采购，他负责提大包小包，表妹负责跟他说笑。有时表妹心疼他太累想要帮忙分担一点时，他总是很认真地说女人不是用来干活的，是用来疼的。

有一次表妹半夜发高烧，他又倒水又找药，每隔一会儿就给表妹量一次体温，表妹烧得糊里糊涂的睡不着觉，他拍着她，陪她说了一晚的话。第二天天刚亮，就陪她去医院。

和他打电话，无论多忙都不会不耐烦，总是等着表妹先挂电话。每次过马路总是紧紧地牵着表妹的手，小心地把她护在里侧。

表妹越说越伤心，终于号啕大哭说："可是这些好再也不是对我了，是我不对，我好后悔自己当初为什么没有勇敢一点。"

对表妹的事，我是知道一点的。那时候，姨妈得知表妹处了一个男友后，就要求带回家见见，家里倒是对这个阳光大男孩很满意，只是一听说他老家在别的城市，家人害怕女儿远嫁，就开始反对了。

表妹自然很为难，却始终拗不过父母，提出了分手，自此茶饭不思，精神萎靡，两个月下来瘦了一大圈。姨妈见状，只好松了口。当表妹再去他们之前租住的临时小家的时候，发现房子已经换了主人，辗转打探，原来对方的父母心疼儿子受了情伤，想换个环境，于是一家人移民美国了。

有时候，错过了，就是一辈子。

有些人是有很多机会相见的，却总找借口推脱，当你真的想见的时候已经没机会了；有些事是有很多机会去做的，却明日复明日，当你想做的时候却发现没机会了；有些爱给了你很多机会，却置若罔闻，当你想重视的时候已经没机会了。

所有错过的爱，都是一副我见犹怜、悔恨终生的模样，对于错过的旧爱，一边追着跑一边说着"对不起"都不是最明智的选择。伤害之后的"对不起"是最苍白无力的补偿，就像蓄满力量的拳头打在棉花上一样，那些失落与嗟叹，都成了无济于事的笑谈。

辑七

永远生猛，
永远热泪盈眶

心里不放过自己，是不够智慧，
心里不放过别人，是缺乏慈悲。
做一个独立、有立场的人，
既通情达理，又不委屈自己。

世上感情牵连千千万，唯有亲情最牢固，也最难割舍。正因为如此，我们面对父母日渐敏感脆弱的一颗玻璃心，更应该多一点耐心，像他们当年对待襁褓中的我们那样，慢一点，轻一点。

父母都有一颗玻璃心

你还记得从什么时候起，父母跟你说话时开始变得小心翼翼了吗？

有一次，妈妈突然缠着让我帮她申请一个微信账号。我帮她加了几个亲友之后，就让她自己研究里面的功能。然后，我进我的房间继续忙工作上的事。

不一会儿，妈妈就来敲我的房门，我有点不耐烦地问她又怎么了。妈妈就把手机拿给我看，指着红圈里的小叹号说怎么没网了。于是，我帮她打开了数据流量，眼也没抬一下，就把手机递给了她。

她用近乎惊喜的声音说："我女儿就是厉害，这么快就弄好了。"

说完，妈妈用试探性的口吻问："那个，闺女，你刚才按的哪里？"

我竟听出妈妈语气里有种讨好和不安，于是心底慢慢生出一股愧疚感。于是，我赶忙放下手头的工作，拉妈妈坐在床边，指了指手机上箭头调对的数据流量的符号，耐心地给她讲解。

她一副恍然大悟的样子："知道了知道了，这回可算明白了。"说完，妈妈才蹑手蹑脚地离开了我的房间。

妈妈走后，我继续开始马不停蹄地工作。又过了一会儿，我的手机有消息进来了，我点开一看发现是妈妈的语音消息："闺女……闺女……"再无下文，我的心因妈妈两声温柔的呼唤而变得柔软起来。于是，我回复妈妈："怎么了，妈？"

我推开房门，看见妈妈坐在沙发上，一遍又一遍地放我回复的语音。她忽然抬头发现我正看着她，竟然有点害羞地躲闪我的眼神，从沙发上站起来说吃饭了，我才意识到现在已经中午一点了。

我们一家人坐在餐桌上，爸爸说："我早就想叫你吃饭，你妈非不让，说你正忙着呢，让我再等等。你看，菜都有些凉了。"

我心中一动，有些歉意地对妈妈说："妈，我工作上出了些问题，跟你说话语气重了些，你别在意啊。"

妈妈微笑："是我太笨了，知道你忙还去烦你，不过我学会使用微信以后，就能时时刻刻联系你了。还能在朋友圈看到你每天都干了什么，这样我跟你爸心里也有个数。"

我们长大了，却隔着时间与父母生出了一层屏障，父母面对我们越来越小心翼翼，像个孩子一样站在旁边观望我们的喜悲，措辞谨慎地帮我们排忧解难。

我们游走在这个功利的世界里，也被这世界渲染得焦虑急躁，不知不觉地把这种情绪带进家庭、带给父母。每次感知到父母跟我说话越来越轻柔，越来越小心翼翼，我都不禁惭愧心酸，却又无力改变。

成人的亲子关系中那一层难以逾越的距离感，总是让人无奈，这大概就是成长的代价吧。

有天下班时间，我接到妈妈的电话。她问我："女儿，你是不是生爸妈的气了？"

我不明所以："没有啊，怎么这么说？"

妈妈说："那我看你朋友圈发的什么'人情淡漠，不过如是'。"

我有些无奈得想笑："我说的是我们公司的一个合作商，他们找到更好的合作伙伴就背信弃义，临时毁约了。"妈妈在电话那头显然松了一口气似的说："那就好，我还以为是爸妈上次说了你几句，你记心里了呢。"挂了电话，我的心里五味杂陈。

一是感慨父母总是为我们殚精竭虑；二是感慨父母竟然变得那么敏感了，会因为我朋友圈的一条动态而联想到自己，生怕行差踏错一步，伤了孩子的心，伤了亲子之情。

在我们从小接受的教育里，父母是伟大的，不可违抗的，无论他们做什么，都是为了我们好。哪怕方式欠妥，我们也应当体谅并心怀感恩。于是我们怀着感恩的心情，生活在父母的庇护之下，学会了察言观色，父母的一举一动都能引起我们情绪上的轩然大波，左右我们一天的心情。

然而，我们越长大越明白，父母也是凡人，有好也有坏，有优点有缺点，他们并不总是正确的。除去那层不容入侵的威严光环，父母的形象也就没有那么高大了。

长大后，我们的世界大了，他们的世界却小了，我们的见识多了，而他们却囿于原地，整个世界只装了我们。于是当你和父母意见相左时，他们决定迁就你，小心翼翼地照顾你的感受。

面对这种并非你所熟悉的亲子关系，你会逃避，因为总有一种沉甸甸的感觉压在心底，觉得他们正以你想象不到的速度迅速地老去了。

愿岁月静好，待吾亲以温柔。因为无论我们长多大，始终都是父母的孩子，他们为我们思虑一生而不知倦怠。而作为儿女，鲜衣怒马的我们，在纵横天涯的路上，时常模糊了父母的音容。

世上感情牵连千千万，唯有亲情最牢固，也最难以割舍。正因为如此，我们面对父母日渐敏感脆弱的一颗玻璃心，更应该多一点耐心，像他们当年对那个襁褓中的我们那样，慢一点，轻一点。

你问我有一个弟弟的体验，我想那应该就是：这个世界上又多了一个你爱且爱你的人。

我的敌人，我的堡垒

那一年，春天来得格外早，我跟姑姑家的两个妹妹一人手里举着一个风车，顺着山坡跑上去，再跑下来，我们看着风车呼呼地转着，心里特别快乐。

这时，和我弟弟一起玩的小伙伴急匆匆地跑过来，看见我，定住脚说："你弟弟掉河里了，你不知道吗？怎么还在这儿玩？"

　　我瞪大眼睛，不敢相信，脚却随着那个小伙伴指的方向跑了过去。我一直跑一直跑，一点也不觉得累，两岸的枯树依次地往后倒退，我远远望见冰块未消融的河面中间有一个大窟窿……我弟弟呢？

　　我的眼泪不由自主地往下掉，脸上却很麻木，没有一点表情。然后才是巨大的惊慌和悲伤。小伙伴追上来说：“已经捞上来了，估计现在在家呢，他吓得哇哇地哭。”听到这话，我的眼泪流得更汹涌了……

　　我的心定了下来，手脚却始终是冰凉发抖的，我甩下两个妹妹一口气跑回家，我扶着门框，看见裹在棉被里的弟弟不停地抽泣着，鼻涕和眼泪一起流到了嘴里。大姑煮了两碗姜汤，一碗给冻得发抖且惊魂未定的弟弟，一碗递给下河救弟弟同样冻得发抖的爸爸。

　　那时我是真的害怕，我要把我所有的玩具和西瓜泡泡糖全都给他。

　　那是我第一次那么真切地体会到恐惧。

　　据妈妈说，弟弟小时候又笨又懒，一岁的时候都还不会坐着，五六岁的时候，说话还是大舌头。弟弟长得白白胖胖的，很招人喜欢的，路过的叔叔阿姨爷爷奶奶看见了，都要捏捏他的小脸逗逗他。

上小学一年级的时候，弟弟的成绩属于班里垫底的，但是我的成绩却很好。

有一次，我和小伙伴一起去赶集，手里攥着两块钱东逛西逛。终于逛到一个摊位上，看到喜欢的粉色蝴蝶结头绳，我正爱不释手地看着。

突然，一只大手就拉住了我，假装惊奇地说："哎呀，这不是毛头（弟弟的乳名）的姐姐吗？"我认出来那个人是弟弟的班主任，乖巧地说了声："老师好。"

她一脸慈爱地看着我说："哎哟，真懂事啊，聪明又漂亮，真不像你弟弟。哎，你弟弟是不是有点那啥啊？"说完，她指指自己的头。

我的脸马上晴转阴，随即脱口而出："你弟弟才有问题呢。"说完，我迅速地抽出手跑回家了。

这还没完。当天晚上，这位老师找到我们家，去跟我父母告状，说我辱骂她。我父母立刻严肃地质问我是怎么回事，我一五一十地诉说了当时的情景。然后我妈跟老师说："您放心，等您走后我们一定教训她。"老师放心地走了，然后我妈给我做了一碗红烧肉。

我上小学的时候，很有画画的天分，我在美术课上临摹的每一副作品都很逼真。我妈发现了我的这个天分，就给我买了薄薄的画纸，让我比对着图画本上的图形画出来。

其中有一幅画得实在太好了，简直就跟图画本上的一模一样。我忍不住和弟弟炫耀："看，我画得好吧？"他瞥了一眼道"你这肯定是描的"，然后继续玩他的小汽车。我连忙解释说："不是描的，不信我合上去，你再看，肯定不一样！"

说着我就把我的作品放到样本上比对，神奇的是，竟然完全重叠了。弟弟一脸得意地说："你看，我就知道是描的。"

就在那时，我弟的小伙伴们来找他玩耍，他们探头看了看我的画，然后说："这肯定是描的，哪能画得这么像。"

我刚想争辩，我弟已经开口了："不是描的，这就是我姐画的，我亲眼看着她画的。我姐画得就是好。"

说完还一脸骄傲。我心想，是我画的不错，可你什么时候亲眼看我画了？

　　大概十几年前，弟弟已经长成一米八三的帅小伙了。有一天，天快要黑时，刚下完雨空气很清新，我和弟弟骑自行车去看望爷爷奶奶，只是拐进爷爷家的那条胡同之后，路就不怎么好走了。满是泥泞的土路不说，还有凸起的小石子把车子颠得一起一落。

　　我明显有点扶不住车把了，就要往下倒时，弟弟一把稳住了我的车，半带责怪地说："姐，你扶稳一点，你只要紧紧地扶住车把就不会摔跤，不然磕到小石头摔流血的。我在前边骑，你在后面跟着，我让你往哪骑你就往哪骑，知道了吗？"

　　我竟然很顺从地说了一句好。

　　他在前面开路，我尾随着他，他不时地往后张望，就这样骑到了爷爷家。回家的时候，天已经黑透了，爷爷怕骑车不安全，让我们两个走路回家。

　　那晚的月亮很圆很亮，他跟我讲他喜欢的那个姑娘，我嘴上说哪有人会喜欢你啊，心里想的却是得多优秀的姑娘才配得上我亲爱的弟弟呢！

　　一次我和弟弟去串亲戚。弟弟骑电动车载着我，他知道我胆子小，故意把车骑得歪七扭八，惊得我阵阵大叫，然后他就开心地哈哈大笑。

我们路过一条河，河虽不宽，河水却很深很急。我打趣道："你老姐要是掉进河里你救吗？"他想都没想就说："救啊。"

我说："你又不会游泳，你小时候掉进过河的事情忘了吗？这水这么深这么急，你跳进去也会淹死。"

他很认真地说："那我也会跳下去，我只是出于本能地想救你啊，估计那时候也想不到我不会游泳这种小事了。"

猝不及防的，我的心里柔软、湿润了起来。

有时候我会惊奇，这个世界上竟然有人跟我身体里流淌着同样的血液，我们的眉眼唇角有相似的弧度。

我很感谢父母，送给我这么好的一份礼物，他是那个永远无条件地站在我身边支持我、鼓励我、安慰我的人。

如果你问我有一个弟弟的感受，我想那应该就是：这个世界上又多了一个你爱且爱你的人。

女儿仿佛是生来就应该被疼爱的，她总是能唤起你内心最柔软的地方，让你不知不觉就温柔了起来。

有一种炫富叫我有一个女儿

我超级喜欢小孩子，尤其是女孩，喜欢到看到有些小孩子都想上去摸一下，然后摸摸口袋里有没有糖果或是小零食。后来我和老公也有了一个女儿，她真是上天给我们最好的礼物。

自从二胎政策放开以后，亲戚家的一个姐姐和姐夫都迫切地想要一个女孩。

备孕成功后，姐姐和姐夫每天都神经兮兮地抚摸着还没有隆起的肚皮，和她说话。

"爸爸的小公主啊，等你出生了，爸爸带你去海洋馆看鲨鱼，好不好？"

"哪有小姑娘喜欢看鲨鱼，你以为是咱们家那个上蹿下跳的小子吗？獠牙圆眼的鲨鱼，会把我的宝贝女儿吓哭的，好吗？"

"对对对，看海豚，咱们去看可爱的海豚。"

……

姐姐的肚子一天天大起来，有亲戚、朋友、同事任谁见了，都说姐姐肚子里怀的很有可能是个男孩。听到这话，他们夫妻俩脸上的表情跟变戏法似的，笑意一点一点地消失。两个人失落了好久，对孩子的热情也就此打消了。

姐姐分娩那一天，姐夫还在外地出差，正打算飞回来。姐姐无所谓地说："不用过来了，又不是没生过。"事情的转折就在孩子出生的那一刻，护士小心翼翼地抱着新生儿，给筋疲力尽的姐姐看了一眼，说："恭喜恭喜，是个千金。"

姐姐气若游丝地说了声"真好"，然后带着疲惫和满足的微笑昏睡了过去。

姐夫千里迢迢地赶回来，看见育婴室里的那个自带光环的小天使，喜极而泣。

然后，微信的朋友圈里彻底被姐姐和姐夫的各种晒女儿刷屏了。

都是同一个姿势，同一个表情的宝宝照片。

我就想问这些照片有什么不同吗？新生儿大多长得差不多，和可爱实在是有些距离。

于是，亲戚们就开始议论纷纷了。

"好萌、好乖、好羡慕。"

"女孩好啊，女孩是妈妈的贴身小棉袄啊。"

"我做梦都想要个女儿，家里两个男人没一个省心的，大的小的一样幼稚，每天对着他们吼，心累得不行啊！"

"都说养儿防老，其实养女儿才防老，儿子都是给丈母娘养的，好吗？"

"对对对，儿子都是白眼狼……"

……

相信很多夫妻，尤其是女人，在没有孩子时总是有许多关于女儿的幻想：

我要给她留齐刘海，扎小辫子，穿长筒袜、小靴子。

我要和她穿亲子装，走在大街上收获最多的回头率。

我要带她去学跆拳道，既能强身健体，又能防敌自御。

我要给她买好多好多的书，她喜欢哪一本就看哪一本，让她"腹有诗书气自华"。

春天来了，我要带她去田野里，看看花，看看草。教她用石子在河面上打出水花，用单反相机记录每一个美好的瞬间，拍下飞舞的蝴蝶和娇艳的花朵，然后告诉她每一个生命都值得被呵护。

炎热的夏天一起穿着小裙子，躲到树荫下，坐到躺椅上，什么也不做。让夏天的风暖暖吹过，吹过头发，吹过衣裙。下雨的时候穿好雨衣，穿好雨靴，带她去踩水，享受雨水飞溅的那一刻。

秋天带她走在满是落叶的石板路上，看她围着围巾、戴着小帽子、踮起脚尖去迎接飘落树叶的样子。这样的天气最适合荡秋千，我轻轻地把她推出去，再荡回来，衣角飞扬，她惊喜地笑着叫着。

寒冷的冬天我们都不出门，就赖在床上，裹在温暖的被子里，她爬到我身上说要听故事。

女儿，是一种很微妙的存在。女儿仿佛是生来就应该被疼爱的，她总是能唤起你内心最柔软的地方，让你不知不觉就温柔了起来。

就算她犯了错误，她抱着你的大腿撒娇，眼里噙着泪水，你也会收起你的坏脾气，心平气和地和她讲道理。

这个小小的人，从此成了你的软肋，也成了你的铠甲。一和别人提起她，你就忍不住骄傲起来。我想这就是有个女儿的体验吧。

> 不以善小而不为，人与人之间需要微小而平凡的善待与温柔。即使过去很久，这些点点滴滴的美好依然会温居在彼此的心里。

世界薄情，做一个深情的人

大概十几年前，我去驾校学车。科目二考了两次都没过，问题都出在倒车入库上了。明明模拟考试的时候开得还挺好的，可是一到实战操作的时候我就掉链子。

那一阵子练车练得烦了，我已经产生了很深的抵触心理，却迫不得已，每天都得定时定点赶到驾校。甚至连做梦我都在练习倒车入库，简直心力交瘁。

晚上从驾校回来需要乘一个多小时的公交车，而且还都是站着。有天晚上，不知是忧思过度还是没吃午饭的原因，从来没晕过车的我竟然晕车了。我头晕恶心，脸色惨白，仍努力扶着扶手尽量站稳。

那时，坐在我附近的一个老奶奶可能看出了我的不适，对我招手，示意我过去坐。

我看出老奶奶少说也得六十多岁了，便努力挤出一个微笑说："不用了，您坐吧。"

老奶奶力气还挺大，一把把我拉了过去。由于身体不适，我实在没力气挣扎了，便顺从地坐到老奶奶的座位上。

老奶奶和蔼地说："晕车了吧？你歇一会儿就好了。"

就这样，我迷迷糊糊地睡着了。待我醒来的时候，已经快到最后一站了，而我刚好在最后一站下车。

我坐了起来，老奶奶笑眯眯地问我还难受吗，我恢复了精神，向她道谢："真的太谢谢您了，我已经不难受了。"说着我就站了起来，准备下车。然后问她："您也最后一站下车吗？她微笑着点点头。"

车到站了，我扶着老奶奶下了车，跟她寒暄了几句，然后道别。蓦然间，在一个转角，我看到她在对面马路的公交站牌等返程的公交。原来她并不与我同行，她只是担心我。望着老奶奶的身影，顿时眼泪涌出眼眶。

这个素不相识的老人给予我的温暖，驱散了我当时所有的焦躁与烦闷，令我终生都不会忘怀。是她让我相信，这个世界上真的存在着那么一些人，心守一线清明，在可选的限度里抉择出值得付出与坚持的东西。也许这个世界曲折泥泞，或许它并没有初衷，但依然愿意赋予它善良与温暖的意义。

从那以后，就算生活行至险山恶水的境地，我都会提醒自己，对人对事要时刻怀有善念。不以善小而不为，人与人之间需要微小而平凡的善待与温柔，即使过去很久，这些点点滴滴的美好依然会温居在彼此的心里。

在这个薄情的世界里深情地活着，不过分依恋物质，亦无须信仰那般庄严盛大，忍于希望的诱惑，穿越悲伤的茫茫原野、欣悦的深深山谷，活得像河流一样绵延而深情。

如果有人问我，你觉得这个世界是善意的吗？我会说即使世界薄情，我们也不妨做一个深情的人。给这个世界多一点温度。我们都是孤独的行路人，与星辰做伴，与虫鸟相依。只是遇到同行的人，一个善举就足以拥有柳暗花明的豁达与乐观。

在薄情的世界里，做一个深情的人，心境于是豁然，心胸于是开阔，从而便可放下纠结与偏执，找到一个随遇而安的自己，然后不慌不忙地生活。

> 红尘万般情愫，亦苦亦乐，也恨也爱。所以，要找一个能包容你的人，陪你过一生。

谢谢你看穿了我的不堪

一年前，我和老公去度假。可是我一不小心却把酒店的房卡弄丢了。于是我打电话向老公求助。

我挂掉电话，心里忍不住自责起来，想必老公一定很郁闷吧，因为我又丢东西了。前几天去设计室做海报的时候丢了杯子，去上瑜伽课的时候又把工作资料丢在教练那里了。

老公风风火火地赶了回来，我刚要开口说话，就被他打断了："还好，自己没丢就行。"

他帮我打开房门，顺手递给我一瓶水，然后又匆匆忙忙地走了。

我记得有本书中写道："我一生渴望被人收藏好，妥善安放，细心保存。免我苦，免我惊，免我四下流离，免我无枝可依。"在你需要的时候，若有这样一个人守在你身旁，该有多幸福。我看着老公的背影笑了。

小时候看动画片《哆啦A梦》时，总是很羡慕大雄。我羡慕他是因为哆啦A梦总是能从神奇口袋里掏出宝物送给他，那些宝物可真棒、真厉害。

现在我羡慕的是尽管他有各种小毛病，软弱贪玩，但是哆啦A梦总是积极地尝试帮助大雄解决生活中的所有问题，无论这些问题多么荒诞。

就像哆啦A梦说的："他又呆又迟钝，不爱学习，又胆小又懒，对于运动一窍不通，懦弱而马虎，不仅靠不住，还是个麻烦的家伙，没志气，记性不好，容易上当受骗，轻率，娇气。但哆啦A梦就是舍不得离开。"

我们每个人都像大雄，却没有他的运气。我们都需要一个哆啦A梦，来教会我们去爱、去珍惜、去放手拼搏，告诉我们爱是无条件的，即使失败了，我们也应是一个值得被爱的人。

公司有一个很有个性的小姑娘，叫十七。对看不惯的人和事，从来都是直抒胸臆，不论熟人还是陌生人。

十七接到一个剧本，粗略地翻了一遍，嫌弃地说："这写的是什么呀，我们家猫都比他写得有格局和创意。"

旁边的同事好笑地看着她，担忧地说："姑娘，你这么毒舌，怎么找得到男朋友啊？"她侧首回应："为什么要谈男朋友啊，是酒不好喝，还是手机不好玩啊？"众人唏嘘，她说得好有道理啊。

一个多月后，公司聚餐。十七问："能不能带家属？"

有同事问："你的家属是谁？"附加一个坏笑的表情。

十七说："男朋友。"同事们各种兴奋，纷纷怂恿她带给大家看看。

聚餐那天，十七坦坦荡荡地站起来介绍她的男朋友说："这是贱内。"只见一个长相斯文干净的男生站起来，向我们问好，举手投足间尽显温文尔雅。我们忍不住感叹，十七选男人的眼光还不错。

席间，十七的男朋友全程眼神追着她，像安装了追踪定位器一样。看她闹，看她笑，听她嘴上不饶人地说教。眼神里全是宠溺，甜到骨子里。

同事中有人在嘴上吃过十七亏的，赶紧抓住这次机会，揶揄她："今天我们的毒舌女王怎么转了性了，是酒不好喝，还是手机不好玩了啊？也学平常人家的小姑娘谈起恋爱了？"

没等十七回答，同事又问十七的男朋友："小帅哥，我先采访你一下吧，有这么一个毒舌的女朋友是一种什么体验？"小帅哥认真地说："她没有毒舌啊，她跟人争论的时候，就是个张牙舞爪的小孩子，很可爱。"

十七后来表示："我最开心的就是，我这么毒舌，却有一个人能够明白我，还愿意陪着我。我的缺点，我的优点，他照单全收。"

毕竟，人生就是这样，曾以为的天长地久却如浮云变化一般，说到底万般不由人。红尘万般情愫，亦苦亦乐，也恨也爱。

所以，要找一个能包容你的人，陪你过一生。这个人看穿了你所有的不堪之后，依然拱手给你全世界的温柔。

他们说，你已老去，坚硬如岩，并且极为冷酷。却没人知道，我仍是你心灵深处最柔软的那个角落，带泪、并且不可碰触。

远嫁的女儿，一生的牵挂

上大学的时候我和一个教授关系很好，他说我的性格很像他的女儿，做事一瓶子不满，半瓶子晃荡。有一次，我和他一起去食堂吃饭，边吃饭边聊天，他说起自己的女儿。原来他的女儿也上大学了，每个月回家一次，每次回家他都要偷瞄下女儿的手机，因为担心她谈恋爱。

我很好奇一个大学教授偷瞄女儿的手机究竟出于什么样的心理。我说："谈恋爱多好啊，年轻的时候不就应该轰轰烈烈地去爱吗？"

教授说："谈恋爱可以，关键是不能找个离我们家太远的男朋友啊，我跟她说过了，找男朋友只能找本地的，再远就不行了。"

我惊呼："太夸张了吧！"我替他女儿抱不平。

教授很严肃地回应："我只是为她好！"

其实人何曾有真正的故乡，都只是暂将身寄，看几场春日芳菲，等几度新月变圆。不过父母希望的还是春日芳菲的时候有你在身旁，新月变圆的时候也有你在身旁。

我也为人子女，记得父母当初得知我和老公谈恋爱的时候，问的第一句话，不是为人怎样，家境如何，而是他家是哪里的。

好在还没等我父母开口反对之前，老公就向我爸妈保证，我在哪，他在哪。父母这才舒缓眉头，一声连一声地说："那就好，那就好。"

我何尝不知道他们的顾虑，他们只是担心我受委屈，或者只是害怕我受委屈的时候，没有一个可以放心依靠的人，没有一个可以撒娇要赖、倾倒苦水的地方。

远嫁的女儿，是父母一生的牵挂。

所有的父母在女儿的男朋友面前都是吹毛求疵的。女儿是父母的掌心的宝贝，是用心呵护的傲娇小公主，如今却要交给另一个男人，无论他有多么优秀，父母难免有一种孩子气的敌视与不舍。他们的这种行为会令心爱的女儿嗔怪、不解；令那个男人慌张、心虚。

女儿是妈妈的小棉袄，是爸爸前世的小情人。所有的父母都想给女儿最牢靠的家、最温暖的床和最无条件的爱。

长大后，女儿要嫁人了，成了他们的软肋，成了他们最不愿轻易提及的思念的人，他们的要求那么小，那么简单。他们只是想在年老的时候能常常看到你，想看你笑，想摸摸你的头，想再疼你，像你小时候那样。

人生不如意之事十有八九，他们生怕生活的残忍和现实惊扰了他们小公主的美梦，于是心心念念地想要把最珍视的女儿留在身边。

远嫁，意味着自己的女儿要把后半生都托付到另一个陌生又未知的地方。远嫁，对于一个女人来说，有太多需要面对的了。尽管每一段异地恋情都有它的来之不易和情非得已。

哪一对父母不是虔诚祝愿，祈祷上苍能给自己女儿一个好运气、一个好归宿，并赐给她好的公婆、好的郎君、好的生活。

亲戚家的女儿出嫁了，按照习俗，家里的门窗上早已经贴好了大红喜字，前来祝贺的亲朋好友络绎不绝，你来我往，喜气洋洋。新娘的房间被装饰得很喜庆，各种绸带蝴蝶结，各种花瓣粉气球。

新娘早早地化好了妆，穿上了大红的喜服，端坐在床上。新郎也是意气风发，过五关斩六将，终于抱得美人归。

新娘的父母虽然面带笑容地迎来送往，但是当新娘被抱上婚车的那一刻，新娘的父亲饱含深情和热泪地尾随出来了。

新娘的父亲一身笔挺西装，冷清肃穆的目光追随着来接新娘的婚车一起远走，绝尘而去，那一刻的落寞难以描述。

席慕蓉在诗里讲：他们说，你已老去，坚硬如岩，并且极为冷酷。却没人知道，我仍是你心灵深处最柔软的那个角落，带泪、并且不可碰触。或者这就是同样作为女儿的我内心对父母最真的感激和表达吧。

那么，去靠拢一群有趣的人，做一些有趣的改变，最终让自己也成为一个有趣的人吧。唯此，才算不辜负好时光。

一生很长，要做有趣的人

和闺密闲聊，问及她的择偶标准，她说要有趣。

我说："你不能纯粹一点，简单一点吗？就找个高的、帅的或是有钱的，不好吗？希望男人有趣，你这个标准太高了，我怕你要孤独终老了。"闺密笑笑说："人的一生这么长，和一个无趣的人过一辈子太可怕了。如果找不到，那我宁可自己一个人。"

上学时读王小波的书，觉得有趣是人生最重要的事。我毕生的追求就是做一个有趣的人，如此，才能确保我的人生是有意义的。那么，怎样才算是一个有趣的人呢？

如果说一个幽默的人就是有趣的人，很牵强。相反的，一个有趣的人或多或少都有点幽默感，没毛病。

幽默是一种处事态度。真正的幽默不是讲各种笑话和段子，而是一种豁达智慧的处世态度。

有一次我跟老公在肯德基，点了一桶炸鸡。老公殷勤地拿起一个鸡翅，放到我面前说："现在，我把我的最爱给你。"

我反问："你之前不是说你的最爱是我吗？果真都是骗人的。"

没想到他立刻严肃起来说："我跟鸡翅说话呢，你说你插什么嘴。"

我顿时被他的幽默和机智征服了。

能让一个人成熟、成长的从来都不是岁月而是经历。你走过的路，看过的风景总不会辜负你。经历越丰富的人，越有精彩的故事分享，人的精神气质就越不一样。

大导演李安说，人生不能像做菜，把所有的料都准备好了才下锅。想要丰富的阅历，想要过有趣的人生，就要跳出在自己的舒适圈，去尝试、去实践、去经历。

我想如果能够做自己喜欢的事，才能没有牺牲感，心态才不会失衡吧，才会把正能量如同击鼓传花般地延续下去。

行过万里路，你身上才会有故事感、有情怀、有历练。自有一套稳固的认知体系，同时也能容得下别人的意见。不狭隘，不固执，不高傲。

书山有路勤为径，学海无涯苦作舟。这也是我们教育的失败之处。

如果总是灌输给孩子，读书是一件苦差事，那么很多人在脱离教育系统的时候，就会放弃任何形式的学习。这无疑是让人停止了进步。最典型的例子就是高考之后学生疯狂撕书，以泄私愤，表达出学生对读书是多么的深恶痛绝。

读书本身是一件有趣的事，一个有趣的人也必然读过不少书。读越多的书就会拥有更广阔的视野。肚子里没啥墨水的人是不会有趣的。自己可能以为许多看过的书都成过眼烟云，不复记忆，其实它们仍体现在潜在气质和谈吐上，当然也可能显露在生活和文字中，然后成为我们最大的财富。

一个在社交场合的聊天能引经据典、侃侃而谈的人本身就带着光环，让人禁不住感叹，这个人真有文化、有格调，真想成为这样的人。如果你很羡慕，那就去读书吧！

有趣是无法量化，无法定义的。不过但凡有趣的人都会有种极致的专注，或者有达·芬奇式的想象力，或是有某种奋不顾身的热爱。做自己喜欢的事，不追逐世俗，不在意成败。

一辈子的时光很长，日子迟早趋于平淡，沸腾的热水壶早晚会蒸干，不可能永远趣味盎然。那么，去靠拢一群有趣的人，做一些有趣的改变，最终让自己也成为一个有趣的人吧。唯此，才算不辜负好时光。

后记

愿你活得从容，且有底气

在众多民国才女中我最喜欢一个人，那就是徐志摩的原配张幼仪。

晚年的张幼仪说道："我要为离婚感谢徐志摩。若不是离婚，我可能永远都没办法找到我自己，也没办法成长。他使我得到解脱，变成另一个人。"

徐志摩是多情的才子，他与张幼仪的结合并非你情我愿，不过是两家的点头之约，妾有心而郎无意。两人初见，徐志摩也毫不掩饰对张幼仪的嫌弃，评价其为"乡下土包子"。但是，在同时代的文人笔下，张幼仪却是标准的大家闺秀："其人线条甚美，雅爱淡妆，沉默寡言，举止端庄，秀外慧中。"

离婚前，张幼仪大概什么都怕，怕做错事，怕惹丈夫嫌弃，怕得不到丈夫的爱。因此，出身大家的她，在徐志摩身边委曲求全，苦苦坚持，渴望得到他的心。

但这一切都是徒劳，一个男人若不爱你，眼里就永远看不见你的好。

终于，在生下第二个孩子后，徐志摩将一纸离婚协议送到了张幼仪面前。离婚后，张幼仪远走异国他乡，一边学习德语，一边辛苦工作。谁知屋漏偏逢连夜雨，心爱的次子又不幸夭折，在那段晦暗的时光里，张幼仪遭遇了人生最沉重的打击。

伤痛让人清醒，离婚、丧子之痛，让张幼仪一夜间长大，那原本羞怯的女子，转身成为铿锵的玫瑰，在风雨之中砥砺前行，很快便开创出自己的精彩时代。回国后，张幼仪先在东吴大学教德语，后在兄长的支持下出任上海女子商业储蓄银行副总裁。从一个金融行业的小白，到连续多年当选银行董事，张幼仪从潜心学习专业的金融知识。在张幼仪的管理下，那所银行在风雨飘摇的战争年代竟然走过了三十一载。

浴火重生的张幼仪赢得了很多人的尊重。就连徐志摩也曾道："C（张幼仪）可是一个有志气、有胆量的女子，她这两年来进步不少，独立的步子已经站得稳，思想确有通道……"

经历半世飘摇的张幼仪，终于在自己的天命之年与第二任丈夫苏纪之组建了家庭。苏纪之不似徐志摩那般才气张扬，却给了张幼仪一个温暖的家庭，让她心有所归。

对张幼仪我很钦佩。身为女子，她是温柔的，也是坚韧的。她懂得追求自我，在浮沉中用心经营自己的人生，让生命绽放出动人的光彩。

罗曼·罗兰说："生活中只有一种英雄主义，那就是在认清生活真相之后依然热爱生活。"每次看到这句话，我就会想到张幼仪。因为她不是谁的附属品，无论在精神上还是在物质上，她都是自己的女王。

纵使遭受过人生的不幸，但仍满怀希望期待幸福；纵使经历过别人的背叛，但仍选择相信并勇敢追爱；纵使看尽世间的丑恶，但仍愿意传达善意，终于蜕变成那个淡定、从容、有底气的女子。

保持坚强，保持柔软，对别人心存善意，却不委屈自己。或许，这就是一个女人对待生活最美好的姿态吧！